谭五昌 主编

大美吉水

第二届杨万里诗歌奖全国大赛获奖作品选

中国文史出版社

目 录

CONTENTS

第二辑　第二届杨万里诗歌奖全国大赛优秀奖得主诗选

第三辑　第二届杨万里诗歌奖全国大赛入围者诗选

第四辑 评委会顾问、评委与组委会人员诗选

第一辑

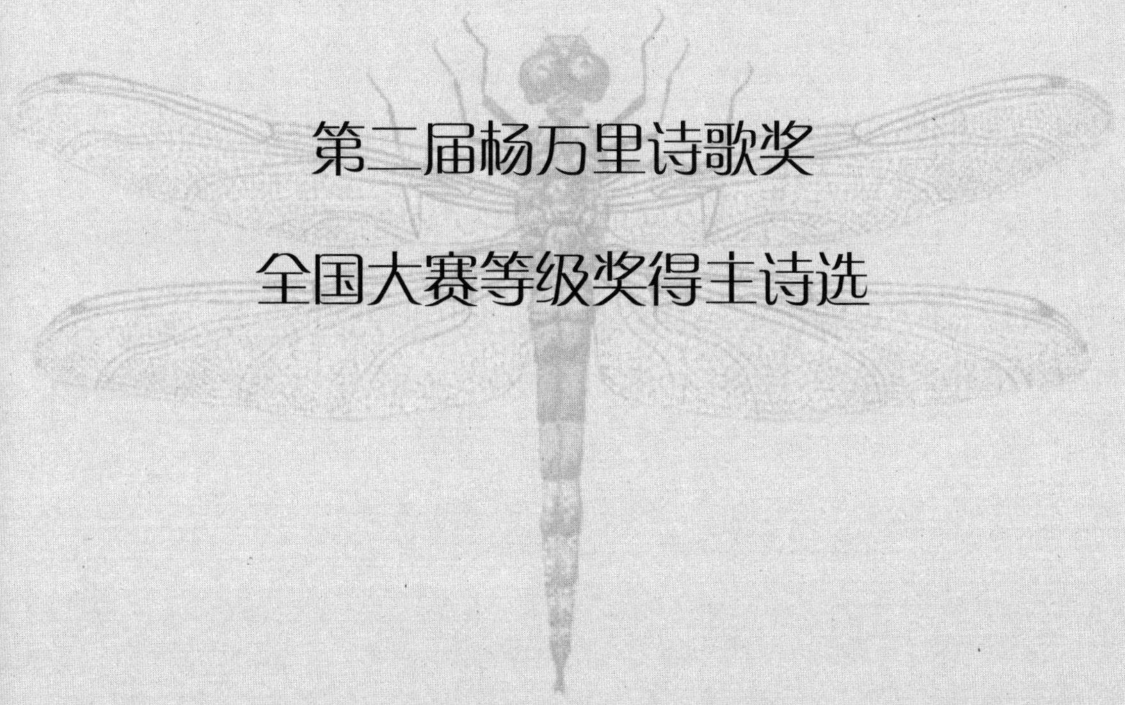

第二届杨万里诗歌奖

全国大赛等级奖得主诗选

小　池[1]

——小荷才露尖尖角，早有蜻蜓立上头

和春末一起出发的，是杨万里难得闲暇的一个下午
最早的消息来自家乡的阳光雨露，还有穿透江西诗派的无数次
深夜难眠的改变思绪，诚斋体的早年风貌，
在杨万里的眼中渐渐成长为新的山峰，一座被后人
不断推崇的清新世界，诗歌可以和大地同存
就像眼前这一枝小小的荷尖，水到渠成
无须宏大，更无须风云雄浑的翻卷
大千世界，用小小的一只蜻蜓
依然可以把整个季节平衡在薄如纸页的两小片翅羽下

是这样一种崭新的领悟，在默默凝视一片水域的
春末的下午，在杨万里奋笔挥下的锋毫中
世界有了一种新的阅读

悯　农[2]

——已分忍饥度残岁，更堪岁里闰添长

和炊烟田野以及晚归的牛羊长期的相濡以沫
他更加熟悉农家的脚印和额头上滴下的咸涩汗水
多少次他望着家乡那些熟悉的村民扛着锄头从家里出发
他们和田里的野草做无休止的斗争，那些垂头谦逊的
饱满的稻穗，是他们内心最为满足与期望的梦想，哪怕在床头
在深夜的油灯下，丰收永远是他们脸上最快乐的一道皱纹
作为诗人，他的情感早已深深浸入了他们的眼眸

① 《小池》是杨万里诗风转变之作，也是诚斋体的早期代表作。
② 杨万里长期生活在农村，对民间疾苦和农家风俗有深刻了解。

喜怒哀乐，也早已习惯性地和这片土地
连在了一起

他了解他们的疾苦像了解自己半夜的诗句
多少天不下雨了，他甚至比农人们更加着急
伤感与焦虑，他已经是最深刻的一位农人
他在纸上播种，在诗歌中插秧，
他抬头期望
天下永远是令人满意的风调雨顺

这一刻，他不再是简单的一位诗人

黄　蝶[①]

——儿童急走追黄蝶，飞入菜花无处寻

没那么复杂，就像眼前的这个春末
就像一道篱笆可以把整个世界隔离在外面
篱笆里自成体系，小路按照小路的方向自行伸展
花朵按照自己的心愿自由开放，让河流去翻越
千山万水，大雪和冬天相依相伴

就像诗歌，只要从内心一步步走来
越直接朴素，就越会掀动起人们的血脉
“今日诗坛谁是主，诚斋诗律正施行”，就这样
杨万里完成了自己的家园

① 杨万里的诗歌自然活泼，通俗亲切。他大量汲取生动清新的口语入诗，往往“假辞谚语，冲口而来”。（蒋鸿翔《寒塘诗话》）

荷　花

——接天莲叶无穷碧，映日荷花别样红

景色这里自然美好，水安宁，杨柳自在梳理着夏风
你要去福州，你眼中不断荡漾远方的彩虹
远离朝中京城的日月，你认为这是你
开向黎明的一道轩窗，一道滋润生命的清甜泉水
我无言，陪你最后走一走这座西湖
你看，莲叶不动可以生长到天边
荷花把太阳开到了心里
水珠不能动，湖水广阔，但是水珠
一旦落入便成看不见的一道幻影

生命总是在相聚中分开，就像此刻的你我
这首诗送你，还有眼前的这座西湖
我依然无语，就像此刻
你早已把这里当成了福州……

作者简介：梁晓明，1994 年获《人民文学》建国四十五周年诗歌奖，2009 年出席德国上海领事馆举办的“梁晓明和汉斯·布赫——中德诗歌对话”，2014 年出席上海民生美术馆主办的“梁晓明诗歌朗读会”，2016 年参加东京首届中日诗歌研讨会，2018 年获中国新诗“百年百位新诗人物”称号，2019 年获名人堂 2018 年度十大诗人，2019 至 2021 年《诗歌月刊》《上海诗人》《草堂》《诗潮》等头条诗人，2021 年《收获》第 6 期推介：明亮的星；出版诗集《开篇》《用小号把冬天全身吹亮》《印迹——晓明组诗与长诗》《忆长安——诗译唐诗集》。

二等奖☆谢克强诗选

吉水望月，兼怀杨万里（外二首）

站在三楼的阳台上
我欣喜地看见一轮月亮
从山那边冉冉升起

莫非知道有几个诗人来
今夜的月色分外清纯温柔
有如亲切的抚慰

浴着清纯温柔的月光
真希望此刻的月亮升得慢些
好让我慢慢回忆

那年　也是月色溶溶的夜
灯下　我打开《杨万里诗选》
走进他诗的生命里

而此刻　夜空湛蓝湛蓝
不禁让我吟起杨万里的诗
“月色已如玉”①

只惜没杨万里先生幸运
先生可夜登万川山谷望月
而我只好阳台上望

① 选自杨万里《好事近·七月十三日夜登万花川谷望月》。

花　神

清得门如水，贫惟带有金。

——题　记

信手抖落官场风尘后
一身简朴两手空空　执意
回到生他养他的故地
一心躲进村舍里

门前有花
有他爱进骨头里的梅花
不只因为梅花欢喜漫天雪
更有那梅树凌空的疏枝
亦如他铮铮铁骨

屋后有菊
每逢秋日　他便要采上几朵
然后泡进滚沸炽热的水里
杯里霜菊舒张的芳馨与情韵
不只生津止渴　更让他
明目、养心、醒脑

那出淤泥而不染的荷花
秉性　似与他有一点相似
不说那“映日荷花别样红”[①]
就是“小荷才露尖尖角”[②]
他也早如蜻蜓立上头

故而在我这个后学眼里

① 选自杨万里《晓出净慈寺送林子方》。
② 选自杨万里《小池》。

他不仅是一代宗师呵
更是一个爱花、护花、养花
且以花自喻的花神

追　蝶

——读杨万里《宿新市徐公店》[①]

一朵会飞的花
翻飞在浅绿色的旷野上
翅膀驮起的灵感　骤使春天
也动了起来

曾经　在庄周的梦里
仿佛一枚思维的果子
如今　记忆一样打开心事
开合翻飞的意象
令太阳眩目

走过冬天
来不及梳理一头纷乱的思绪
一支小令被风轻轻吟着
释放春天的情绪
诠释我的期待

追着蝴蝶动情的翅膀
掠过晴川历历　芳草萋萋
落在一片多姿多彩的花丛里
相思的翅膀为谁而落
惹动我的情思

真想用我的美丽和智慧

① 杨万里《宿新市徐公店》："篱落疏疏一径深，树头新绿未成阴。儿童急走追黄蝶，飞入菜花无处寻"。

捕一只蝴蝶制成标本
夹进我空旷的日子
好留住春天

2021 年 11 月 25 日—29 日　草于武昌望天庐

作者简介：谢克强，1947 年出生，湖北黄冈县人。1972 年开始在《解放军报》《解放军文艺》发表作品，有诗入选《中国新诗百年诗选》《中国新诗百年诗志》《中国散文诗百年经典》等三百余部诗选；著有诗集《孤旅》《艺术之光》《寻找词的光芒》、散文诗集《远山近水》《母亲河》等十八部及《谢克强文集》八卷。有诗在北京、上海、西安、沈阳、南京、武汉等省市文学刊物获奖，散文诗集《断章》获中国当代优秀散文诗集奖、天马散文诗奖，抒情长诗《三峡交响曲》出版后引起诗坛广泛关注，被诗评家们誉为当前政治抒情提供了一个成功的范例，并因《三峡交响曲》获 2005 年度重点关注作家艺术家奖。

二等奖☆安海茵诗选

他的名字被百亩熏风深情弹拨（组诗）

他的名字被百亩熏风深情弹拨

湴塘村还是有那么多的风，
拓满银杏的黄金焰火。
一个人的墓园端坐在向阳之地
他喃喃说着“万物皆春人独老”，
回溯诗句中那些命运的隐喻
宛如被百亩的熏风深情弹拨

被接纳着。秉持笔耕的密码
和一生清节。
被活泼泼的花草信奉着
芒鞋踏破那条再熟稔不过的三三径。
被持续性饶恕和诘问。
治愈系的群山簇拥着他的乌篷船
走了又回。
被溅湿过。故园的龙舟竞渡
他击掌鼓呼，一年又一年。

继而，被遗忘过。
永州零陵、临安、漳州、筠州、赣州
许多驻足和未及去过的地名，他单方面的背负
成了此生分量最重的褡裢。

被伤害过。也被更多的人感念注视过。
这些参差的外力只会让内心的草木
一再蓬勃
被放逐过。却在湍飞的豪兴中击节成歌
他在沿途仍惦念巍巍乎高山的情谊。

而那些被他所注视的星辰
每一颗都在暮倦朝飞中暖意融融
被他的词句清洗
被他热忱的目光高高擎举。燃烧着。

环绕一匝，八十岁的他在初夏时节
又回到鸿蒙的内心。
他的腰身被荷花的粉色小拳头轻轻捶打
依旧笔直而缄默。

由此回溯至那些年轻的有光泽的岁月——
他被家族殷切的目光所祝福。
给他一本书，又给了一本书，
这些书的拥抱是他宿命的神启。
千里，甚或万里
长亭依旧
南宋的河山还是轻易指认出这个
身怀香草的人。

而那条名字叫作南溪的水啊
为他把早春的新雨堪堪用尽
他的水晶之环庇佑了万顷光阴。

（南溪早春、水晶环，均出自杨万里诗句）

南溪的水总是傍荷而居

这片出产黄荆、鸡血藤和松香的土地
还是垂怜着自己的小儿女
这条叫南溪的水
昼夜不休搬运着时光银色的鳞片
还是情愿被夏夜的蛙声沸着

有位诗人必在这碧霄万里中
吟诵秋光
将乌篷船停靠在故园之旁
再收拢倾斜的羽翅
他将鬓旁的菊花
轻插进诚斋案头的汝窑花囊

河水沿朝元岭的北麓一脉行走
它企望思想的穹顶
遥想一位诗人的沉思
而远处的赣江在
群山的眷顾间携光奔流
是时候解开这个秘密了——
初夏，南溪的水芳菲汹涌
将所有的眷恋与美统统交付给一朵荷

诗人在命运转弯处驻足
手植一棵华盖蔽日的罗汉松
乡人得以歆享成吨的清凉
荷的香气又大又软
兀自绵延至垂暮时分
接天莲叶不沾染一滴迟疑的雨意
尖尖角打开了翕呼的通道
与诗人之间秉持脉脉的私语
一朵荷的香落进了另一朵的
像是对于还乡者的咏叹

有谁不在东园暗自打量这个世界
叩开一朵含苞的荷，总要有片刻的恍惚
仿佛描摹他爱莲的眼神
仿佛缓缓逼近他峭拔的心

这也许就是另一种光阴

在诚斋，檐角的风铃卸去经年的风霜
士大夫们披覆着熹微之光
将收录的名字擦拭镀亮
微微颔首 重又隐身

东园的篱落
悄然缀上了菊香
《诚斋诗集》的阳刻木板仍被珍藏
窗棂、门楣和雀替的图案还是他
欢喜的花木
燕坊古村 南溪桥 钓雪舟
诚斋之外的风物依旧浸染悲悯之音
当我被款款的山风一再地清洗
月光之雪送了我一程又一程

这条路就是他和我之间
空出来的那段光阴吧？
它最终会通向哪儿呢？
是否需要再厘清南溪的走向，
能否坚持向上苍的呼告，
在花径之间会不会还有独坐的人？
这些，似乎已经不重要了
我在雾里看到了灰烬
须臾之前它尚是饱满的根须
故园山水就这样如书页叠起
哪一点我都不能带走

实际上，这一段光阴也是他的
岁月将他的飞翔之姿每一次都细细临下
“晚晴漫野步”
这条路上总有蛩音在我的内心置放

他的山川形胜

我祈愿以一朵荷来印证遇见
友来如月 我和他一起注满岁月的杯盏
许多年过去了
他还在这片土地上
内心的烟火不轻易示人
而南溪也还在这里
它涵括世间所有慈悲的涟漪
我属意落日尽头那赤子的歌吟

作者简介：安海茵，1975 年出生，黑龙江人。黑龙江省作协全委会委员，哈尔滨市作协副主席，《诗林》副主编。大学期间开始发表文学作品，有诗歌、散文、小说发表并收录进年度选本。

万里大道（组诗）

谒杨万里故居

给风定位，犹如用竹篮子水中捞月
而杨万里两袖间拂过的清风，清晰清新
那犀利的眉宇，终究没能锁住
我感觉到了穿膛的清凉，岁月在此时此地
已被藐视和忽略，耳畔响起激昂陈词

青竹拔节的铿锵声音，赣江与恩江
听得真切而涌动，有一种空
可以容下吉水整个五月，天下致清致纯的水
于竹节中节节攀升，高举起一丛翠绿
不图耸立群树，只为扫除心中那片不散的乌云

迎风伫立于大地上，以一支笔的锋芒
更是以一个人的气节，比文字艰难和厚重的是双脚
自己一直在泥泞中跋涉，却日思夜想地构思
如何让他人脱离窘境，在这片土地上
陷得越深，那份深沉的情感就像根一样坚定

家　乡　好

瓦房三间，青竹簇拥，叶落归根
吉水湴塘准备了上好的竹笋、豆花、野生田螺
接纳一颗忧郁而疲惫的心，童年的味道
比锦衣玉食容易消化，更能抚平内心的创伤

水牛缓慢持重，调皮的牧童把浑圆的夕阳
驮在后背玩耍，一只蜻蜓独立于刚出水的荷叶上
赣江哼唱了亿万年的歌谣，仿佛一剂良药
平静如水的脸庞荡漾一丝笑意，心坎波澜起伏

有多少火塘的灰烬已冰冷，杳无炊烟
有多少双眼睛渐渐浑浊，看不清前方路漫漫
漫步在清晨的竹林，一枚纤细的竹叶
把一颗露珠的冰凉剔透，传递给了杨万里的眉梢

吉水万里大道

这是杨万里修筑了一生的大道，始终没有成功
岁月在颠簸中蹒跚，百姓在坎坷中踟蹰
时代扬起的尘埃，时不时地从空中飘落

这是杨万里梦寐以求的大道，平坦笔直
风在此变得优雅，雨有归属感
天空蓝得悠远，远处茂盛的竹林静如水墨画

这是杨万里毕生追求的大道，风清气正
红润脸庞意气风发，追逐幸福的车轮川流不息
一轮朝阳从东方升起，点燃人间烟火一片

这是杨万里没有走过的大道，碧水蓝天
桂花、香樟、杜英、紫薇、夹竹桃在两旁争妍斗艳
像是为当下欢欣雀跃，又像是为明天摇旗呐喊

作者简介：李立，红网“李立行吟”专栏作家。作品见于《诗刊》《人民文学》《解放军文艺》《花城》《天涯》《芙蓉》《西部》《作品》《诗选刊》《扬子江》《星星》《诗歌月刊》等百余种报刊，获诗歌奖项十数次，主编《中国行吟诗歌精选》年度选本。出版诗集、散文随笔集和报告文学集共六部。现居深圳。

三等奖☆戴逢红诗选

站立在人间的制高点上（组诗）

蜻蜓的绝响

——清得门如水，贫惟带有金[1]

故事是这样的：一只写诗的蜻蜓
振动数万次翅膀，也拒绝
增加身价的厚度，每一次朝谒
都是一次为民请愿，巨大的
堂柱上，绚丽的漆彩已经生锈
一个病入膏肓的王朝，在历史的
泥泞中沦陷太久，曾经的
运河流淌在宋酒的杯沿之上
那是编年史上短暂的繁荣
没有人为它收拾青花的碎片
临安无言，水流无声
那只从吉水起航的蜻蜓
舒展身姿，站在人间的制高点上
引导阒寂无声的泉眼，涓滴成流

颤动的淮河

——船离洪泽岸头沙，人到淮河意不佳[2]

一条无辜的河。如果引它的水浇灌土地
再枯萎的庄稼也会得到解救
那些在河底打着口哨的箭镞和胡笛
已经对那个动荡的朝代予以宽容
历经数百年后，它们已经对阳光下的

① 出自南宋·徐玑诗《投杨诚斋》。
② 出自南宋·杨万里诗《初入淮河四绝句·其一》。

事物有了爱慕之心，河上的
每一个春天，柳树和水草
都会启动绿色的锚，都会在
一个倚舟远眺的诗人内心
犁出一条春潮滚滚的渠沟
河面上正在翱翔的鸥鹭的翅膀
像游移于蓝天的光标，在标注
船桨划过的历史，它们似乎读懂了
不断更新的波澜，而颤动的河流
正欣喜自己被四首不朽的诗歌命名

《应诏疏》的光辉

——谁言咽月餐云客，中有忧时致主心[1]

淳熙十二年，一条十八岁的河流
在一具六十岁的躯体内奔突
彼时西湖歌舞正劲，靖康的年号
早已模糊，一节着火的枯木
在最后的夕光中挣扎，一位操起
文港狼毫的诗人，在宣城的皮纸上
摹画出寒光闪闪的十把尖刀
七把指向北方的半个祖国
三把插在临安的丹墀上
多么锋锐的刀啊——
酣醉的君臣们，把玩着刀锋上
岌岌可危的快乐，酒阑歌罢
十把尖刀被一并撤下
收进气味存疑的杂品仓库

成就了今天玻璃柜里的稀有和完美

① 出自南宋·杨万里诗《题刘高士看云图》。

苏醒的西湖

——盖世功名炊剑首，平生忧患淅矛头[1]

在白天与黑夜的虚构线上
一条十三世纪的河流正在北纬三十度流淌
在月亮惨白的腹部，谁在策动
将南方与北方绾一个巨大的结
让一支对春光烂熟于心的湖州毛笔
带来鸟鸣、雷声，和雨水
把乾道三年西湖的冰面打碎
童音琅琅的学堂里
一个又一个清新的宋字
在华夏这张苍白的纸片上
花香弥漫，从八股文到千虑策
那些由文字蝶变而成的紫蝴蝶
像正在开拔的士兵们，沿着
郁郁寡欢的勾栏瓦肆，穿州过府
飞向另一个伟大的主题——祖国

作者简介：戴逢红，江西修水人。中国诗歌学会会员、江西省作家协会会员，江西师范大学历史研究中心研究员。作品见于《诗刊》《诗潮》《绿风》《延河》《辽河》《诗词》《中华散文》《中华诗词》《特区文学》等，著有《黄龙宗禅诗》《黄龙宗简史》《黄龙宗公案》《全丰花灯》《流韵溢彩》等。

① 出自南宋·杨万里诗《秋怀》。

三等奖☆**萨仁图娅诗选**

吉水诗章（七首）

以水为名的地方

一个以水命名的地方
让人惊叹大自然的神奇与力量
赣江与恩江合行洲渚之间
水形若“吉”字流淌
吉泰平原广阔的精神原乡
一千三百多个春秋
滋养万物一如既往
至清至远
呈吉呈祥

一个以水命名的地方
小池的泉眼千年依旧喷涌如常
露尖尖角的小荷已盛开满池溢香
那只蜻蜓穿越而来抖动着翅膀
一代宗师杨万里文开一代诚斋体
无关顺逆尽得新诗雅怀衷肠
在词繁华朝代逆旅而行万余诗章
韵如天籁
灿若星光

一个以水命名的地方
庐陵先贤的品格气节写在水上
自古翰林多吉水
吉水乃是文章节义之邦
聚集鸿儒先贤人文渊源之地
最堪忆中兴四士南宋四家气象
千秋文脉笔墨雄壮
文风鼎盛
源远流长

一个以水命名的地方
进士文化园诠释庐陵文化浑厚荣光
大东山云隐寺晨钟暮鼓禅意道场
赣江边依旧傲然耸立的古城墙
见证千帆竞发的繁忙与过往
燕坊古村明清赣派建筑群浓郁历史古韵
石莲洞清幽石门则自启入青苍
山水田园
诗意万象

一个以水命名的地方
鸿雁伴飞同往
我自草原迢迢万里而来
赶赴一场今生的约定与诗意畅想
思接千载中流以北即天涯
天人合一浪漫潇洒与自信豪放
一种难以言喻的美好是风雅自然
诗意栖居
在水一方

诗歌以韵律为吉水命名

因水而吉而居
依水而为而兴
历千年长流是吉水的传说
经亘古文盛是吉水的特征

行走的脚步就在这里驻停
凝视的目光就这样聚拢
赣水北去恩江交汇之处
诗峰一座近九百年巍峨高耸

智者乐水气和意爽绪平
诗者乐水韵致悠长隽永
向水习德水的境界置于心

是沉潜心净如水的诗化过程

风光四时天地万物皆灵性
荷叶接天映日荷花别样红
而诗歌用另一种声音和方式
为吉水命名

吉水奔流

长天望不尽它披星戴月的尽头
吉水在赣江与恩江合行之间奔流
记录时光的奥秘和历史密码
吉水是世界上最吉祥水系与道路

一位诗人在水边词的国度灿亮
一部《诚斋集》万古不朽
千秋文节高出流俗铸诗魂
千秋神韵尽成风景隽永灵秀

谁人不喜欢岁月静好
现实人生如水一般起伏行走
只要哼唱起吉水的歌谣
草木暗香与至深思念就挂满岁月枝头

守望渡口

年华似水
人生行走
我寻找一条水流
安放灵魂的水流与渡口

沧浪之水清兮
可以濯我握笔之手
吉水之水吉也
涤荡着湿润我心我眼眸

水寒结冰是坚挺与凝聚
水热成气有聚集成力的气度
水能聚成雨滋养万物
水化为云于天地间飘游

水乃天下之至刚
水亦天下之至柔
走在水流必经的路上
悠悠岁月静数满天星斗

依着时光的河流
守候心灵的渡口
不管生命最后的驿站在哪
摆渡与跋涉不需要理由

心安之处是故乡
如水的生命岁月
当心灵不再漂泊有栖居之所
谁就拥有真正意义上的幸福

一代诗宗杨万里

万首诗篇诚斋集
千虑策文安社稷
诗文卓尔不群
气节将后人激励

四朝元老正勇忠廉庐陵侯
一代诗宗诚斋野客字廷秀
文脉师自然开宗立派
政格良谋头颅如许

十五年乡间谪居
一颗诗心自成一体
疏远浊世超然自立
工诗善文落笔而逝

一生沉浮宦海
一世清廉节义
报国无路却无一次将他击垮
执三尺青锋平乱以书生之力

一代诗宗杨万里
千虑名士诚斋体
意兴无穷的诗与诗境
已融入我们的血液

一读再读杨万里

雅俗相宜
婉直相济
　读杨万里的诗
体悟诚斋体的禅意情趣
以味不以形
诗学与理学完美相契

又深又浅
且疏且密
　杨万里的诗不厌千回读
美学风貌超然独立
从内心的体认出发
师法自然新创的文机

在杨万里的诗中流连

一帜独尊
千年璀璨
寄寓深刻理趣与深沉情感
每首诗都能让人心头一颤

《悯农》叹民生疾苦
稻云不雨荞麦空花怎堪
《过松源晨炊漆公店》

一山放出一山拦

《新柳》是金丝半欲垂更趁春风看
《过瓜洲镇》的桑畴麦垄正连天
《舟过安仁》是两小童的一叶渔船
《晓行望云山》方知不动是真山。

荷花映日恬淡素雅
莲叶接天曼妙怡然
心中万物皆灵性
掌上千秋尽自然

以境化我
以诗融我
赴一场前世的千年之约
在杨万里的诗中徜徉流连

作者简介：萨仁图娅，国家一级作家、民族文化学者，辽宁省第八、九、十届人大代表，人大常委会委员，现为辽宁文化交流协会民族和宗教委员会副主任、国际诗人笔会副主席、中国蒙古文学学会副会长、辽宁作协顾问、辽宁社科院特邀研究员、沈阳师范大学兼职教授、沈阳城市学院新闻与传播学院特聘教授等。两次获“骏马奖”及“第三届丝绸之路国际诗歌奖”“ “百年辉煌 回望延安”征文一等奖，“百年新诗最具实力诗人”。出版作品集四十余部，有塞尔维亚语、蒙古语、英文等文本；辽宁省委、省政府授予“优秀专家”，台湾地区新诗学会颁赠“弘扬诗艺”金牌，国际炎黄文化研究会授“龙文化·突出贡献奖”，蒙古国中央省授“议会90年奖章”、最高荣誉奖章、苏木荣誉市民，国际诗人笔会授予“中国当代诗人突出贡献金奖”。

湴 塘 村

金灭北宋前，跟许多叫作湴塘的地方一样
这个烂泥中行走的无名村庄
年复一年的春风吹过，衰草在路边兀自醒来
阳光照着山坡。橘树开出的小花恬淡细碎
世世代代的山民，朴素，简单
如田畴长出的谷物

穷教书先生杨芾也一样。埋头给村子里的
孩童启蒙。一辈子在胞衣之地
之乎者也。不知天下之大
不知，今世何世

这一切在公元一一二七年发生了根本性改变。一场秋雨过后
杨万里降临人间。降临人间的杨万里
让与世无争的小村庄湴塘和大文学家杨万里
有了前世今生的血缘，还名正言顺
写进南宋以来的中国文学史

父亲当了一辈子教书匠，教过的学生，数他最有出息
杨万里不是天才。但他是父亲的升级版
偶尔露一手，门生乃雄视天下的君王

文墨自成一家。他笔下的映日荷花
九百年后依然鲜活如故。诗中的蜻蜓，总在角尖舞动睡莲
他生活过的地方叫作名胜。跟他有关的故事
包括整个湴塘村，穿越千秋
名扬万里

衡州窑
从烈火里取出光和时间的骨头
工匠们都是异想天开的诗人
他们，在低处写高于想象的唐诗宋词
万里江山的社稷风云，赋予泥土生命的荣耀
一个又一个春天，在光阴里远走高飞

地下永远埋着金子和苦难。经典的形成过程
沉默也是一种生长。看不见的深处
奔涌的血，有纵横天下的胸襟
当灵感的釉和青花与一场火遭遇
灵魂之门，五颜六色

忽略表面的粗糙，生活有多种形状
行走于草木的江湖，一觉醒来
千锤百炼的衡州，容光焕发

竹子们终于在春天找到了自己的天空
它们的独立、坚贞与节节向上
跟天空之下随处可见的沉沦
形成多么巨大的反差

无知的人，有可能还在继续
蔑视剑的单薄与它发出的光芒
抖落一身泥土，它的梦想在天空
内心，有一万张翅膀

一夜之间，就高出了尘世
被泥土埋葬的，原来不一定都是
末日和死亡。是向往，让它们充满力量
彻底放弃，笋这童年的乳名
和有限的高度

如果不是一阵一阵的霹雳
没有人知道，地里下
真的有呐喊

紫鹊界梯田
这些爱美的豹子，它们的穿着
比老虎还时尚，永远有时光的美学潮流

在云端里小憩的时候才意外交出身体里的软
路过的春天，误把它们当成
草木柔情，山水迷人的一部分

风吹过，群峰抖动
火山爆发之前，常常有这样的征兆

因为小小的爱，这样的下午突然柔软而辽阔
这时候，微风吹过，天空蔚蓝
旷野静穆如处子。山冈上，野草褐黄

最后的蝴蝶从银杏枝上飞走
冬，在午后如期抵达了。可是阳光依旧暖着人间
果子的香弥漫，仿佛秋天依旧没有去意

一只蜜蜂飞过来，亲了另外的一只
不会有人在意这微弱的闪电，不会在意
因为小小的爱，这样的下午
突然柔软而辽阔

作者简介：陈群洲，湖南衡山人。中国作家协会会员，中国诗歌学会理事，湖南诗歌学会副会长，湖南蓝墨水上游诗群发起人。作品见于《诗刊》《中国作家》《星星》《诗歌月刊》《诗潮》《诗选刊》等上百家刊物及数十种年度诗歌选本。著有诗集《能见度》《灵魂的蓝皮书》《约等于虚构》等八部。

三等奖☆于力诗选

从一首诗里读杨万里（组诗）

庐陵瑰宝——黑釉瓷

我在庐陵一爿唤作“陶冶坊”的工作室
目睹了整个烧制过程，这些拙朴的炻器
源自当地一种“高岭土”的材料
拉坯之前反复地摔打与踏踩炼就它强健的筋骨
而那黝黑的光泽和磬石般的音籁
则脱胎于一千四百度高温下的窑变
和五百年的薪火相传

据说用它煎熬中药或者烹煮茗茶
有不变味、不变色和不变质的特性
三伏天存放饭食也越宿不馊
——与其说参悟了某种玄机
不如讲户枢不蠹、道法自然
是与生俱来的双气孔群在开阖之间
打通了呼吸、蒸腾的路径
不信你试着用它盛下情爱、友谊与誓诺

听闻它的捏制技艺与焖烧法则面临失传
及至窑火熄灭、色温黯然，世间将再无黑陶
神秘的哑光重返泥土，轻灵幽远的音韵重回矿藏

走出工作室已是黄昏时分
蔓延的火烧云渐次被远山笼盖
沿岸的景色倒扣在泷江里
像浸上了釉浆在穹苍的窑炉里煅烧

我想当一缕晨光挑开夜幕
辽阔的幽黑会再次从混沌的天宇里谢幕

似一场盛大的窑变

武　功　山

陡险的台阶是参悟方术的过程
拾级而上的虬栏如科戒仪范
一级级打开教义，将至高的境界
送上白鹤峰，无量天尊的葛仙坛

那些缠绕在虬栏上的铁链
供游人攀缘，被密密麻麻的同心锁占满
放眼望去，宛若戴着镣铐的修持
试图囚住三界五行，盖世武功

锁闩闭合的一刹那
一声誓诺被唤出或咽回肚里
那些弥漫于空谷的清风明月
卡在山涧的鸟踪猿啼
渐次锈蚀在锁芯里，一把锁
在幽闭中终老，一生的牢狱
没有密钥，一道无解的题

大疫过后，武功山游人如织
宫殿肃穆、众神归位
这些锈迹斑斑的镣锁正被道士们
用斧锤和铁钎撬开紧咬的牙关——

有时候心结需要借助强大的外力
有时候反悔也是情非得已
这近乎暴虐的移除，像清理门户
又像是断去一段俗念

吉安东固，观女雕艺师造像

目光里有温柔一刀

还未上手，便已入木三分

神态专注，走线、剔地、镂镂
只见锋芒闪熠，时间在刃口上行走
间或，在髻鬓上试一下，游刃有余
力道透过坯料轻轻回弹，化作绕指柔

坚硬的黄杨、花梨、扁桃木
松软的银杏、冷杉、樟子松
抑或是你前世的恋人——
疤痕眨动着的忧郁眼神
虬根里长满浓密的须发、美髯
凹凸的树瘤是隆起的肌块
凭借娴熟的技法，你摸到失散多年的心跳

你说那些天然的纹理是光阴的刀法
面对大自然的鬼斧神工除却顺从
有时也须忍痛割爱，断去一个念想
那些纷纷旋落的木屑并非生命的折损
是修持之人抖落的痴嗔怒怨
你说朽木不可雕
你说千刀万剐终成佛

走出你的木艺坊已是黄昏时分
我看见赣江的潮汐缓缓收回了锋芒
桃花岛的沙石被雕琢得浑然天成
还有涛声在打磨，夕霞在修光……

从一首诗里读杨万里

那枚露出尖角的小荷——
一叶舒卷的寂静
汩淌着淙淙水声
一叶舒卷的浓荫

皴染几啾鸟鸣

寄生于淤泥——
此刻，恰好安放一只蜻蜓的宁静

抽出绿嫩的鞘
莲蕊的剑直指苍穹
它还生长着一声呐喊——
菡萏怒放的声音

莲蓬的籽粒，补一个朝代的虚劳
剥开藕节，是一颗操碎的心

少顷，巨幅擎盖托举墨绿的火焰——
一幅展开的卷轴
半爿水墨的南宋

少顷，蜻蜓飞离
驮着整个天空

作者简介：于力，首届河北文学奖获得者。在《诗刊》《十月》《诗选刊》《北京文学》《四川文学》《飞天》《天涯》《海燕》《农民日报》《中国艺术报》等发表诗歌作品五百余首，在《诗刊》《十月》《飞天》《当代人》《诗探索》《中华辞赋》举办的诗歌比赛中获过奖，著有诗集《倦怠的芬芳》。

在诚斋先生故乡吉水等你（外二首）

从鄱阳湖沿着赣江
往南昌、丰城、樟树
清江、新干、峡江逆流而上
或者往石城、瑞金、赣州
万安、泰和、吉安顺流而下
于恩江交汇处的吉水上岸
在平头桥诚斋先生雕像前静默
到黄桥镇湴塘村[①]，净手焚香

将南宋的河山从画卷轻轻搬出
借太平洋一片洋面暂时安放
再把诚斋先生从旧时光恭请回来
乘上“神舟号”宇宙飞船
在“天宫空间站”的舱外俯瞰
聚焦中华大地一隅的吉泰平原
寻觅《小池》[②]里的荷尖尖
以及栖息小荷角上那尾红蜻蜓

夏日晓风拂净昨夜的稀星残月
枝叶间的新蝉重谱着古老的曲调
诚斋先生伫立于“净慈寺”的山门外
凝望着林子方[③]愈行愈瘦的背影
西湖的岸柳与莲荷争相枯荣黄绿
弯曲坎坷的茶马古道翻山越岭

---

① 杨万里（1127年10月29日－1206年6月15日），字廷秀，号诚斋，自号诚斋野客。吉州吉水（今江西省吉水县黄桥镇湴塘村）人。南宋文学家、官员，与陆游、尤袤、范成大并称为南宋“中兴四大诗人”。

② 参见杨万里诗《小池》：泉眼无声惜细流，树阴照水爱晴柔。小荷才露尖尖角，早有蜻蜓立上头。

③ 参见杨万里诗《晓出净慈寺送林子方》。

江南尚未走失，榕城[1]不再遥远
汩汩的温泉静候了近千年

此刻我在吉水的《小池》边等你
不必替诚斋先生冻裂的梅瓶懊恼[2]
万顷梅林开遍了吉安的沟壑山岭
随意折下几枝，拂落南宋的爱恨情仇
迎接你的都是喜乐欢欣的笑脸
来吧！你可在神州大地的任一站台
乘上日行万里的巨龙高铁
尽情饱览祖国山河大美
轻轻展开吉水的崭新画卷
潜心欣赏诚斋先生的浩诰诗篇

陪诚斋先生赏残荷

在暮秋，远望荷田
如一群丢盔卸甲的残兵败将
在一场战争的沼泽中挣扎
衣衫褴褛，蓬头垢面
东倒西歪在寒风中哆嗦
重整旗鼓还是悻悻还乡
有待智者指引

不承想，仲夏的热闹场景
绿裙飘飘，风姿绰约
欲笑还颦的媚态如下凡仙子
令人趋之若鹜，忘返流连
青春亮丽，无奈匆匆
从光耀夺目至失魂落魄
不过一个季节的时光
凋敝，落寞，隐忍
冬天再长，也预示着春天

① 福州市，简称榕，别称榕城。
② 参见杨万里诗《瓶中梅花长句》《梅花数枝篸两小瓷瓶雪寒一夜二瓶冻裂》。

我在诚斋先生的身后遐想
是他处心积虑为残荷设计了画面
并非浮华褪去留置的颓废场景
是荷田为季节谱写的挽歌
残枝上高冷的音节沉潜于水底
在浊水下的淤泥中
为走失的荷花辩明是非
秋后盘点着洁身自爱
绵延近千年……

九百多年前那个盛夏的清晨
是谁凝望着友人渐行渐远的背影
在万顷莲荷的远处浅笑轻吟：
“毕竟西湖六月中，
风光不与四时同。
接天莲叶无穷碧，
映日荷花别样红”①

在吉水写诗与插秧都在分行

蜻蜓点水，布谷催耕
浅夏的农耕画卷徐徐展开
烂泥田里半步半步向后退去
倒影里的人，在浑水中面目全非
退至炊烟又起，退至太阳落山
荡去两脚泥渍，撸下裤管
甩脱双手浑水，以湿袖拭去汗滴
黄昏下，纵横交错的禾苗
与村落怯怯相望，这是吉水农人
南宋农耕的旧时光……

而今，吉水农人摒弃古法劳作

① 杨万里诗《晓出净慈寺送林子方》，此诗创作于宋孝宗淳熙十四年（1187 年）别友林子方先生。

早已应用了机械插秧自动化
不必全家老少低头拱背撅着瘦臀
“田夫抛秧田妇接，小儿拔秧大儿插。
笠是兜鍪蓑是甲，雨从头上湿到胛……”[①]
这样的场景永远不会再现
更不必起早摸黑，匍匐向大地
乞讨饱腹的食粮……

陋室里，落下的墨迹成行
那位书生企求风调雨顺五谷丰登
禾苗返青时，他要远走他乡
若要稻谷丰收，大半靠天吃饭
若要诗歌历久弥新传扬不朽
写诗的人必须心守正立身爱国爱乡
写诗与插秧都在分行
禾苗在水田里寄情于农人的谷仓
诗歌在月岁中都是跳跃的音符
中华民族文脉永续，源远流长
诗人的梦都在远方……

田夫抛秧田妇接，小儿拔秧大儿插。
笠是兜鍪蓑是甲，雨从头上湿到胛。
唤渠朝餐歇半霎，低头折腰只不答。
秧根未牢莳未匝，照管鹅儿与雏鸭。

作者简介：曾春根，笔名寒江雪，福建明溪县人。归国华侨。福建省作协会员、中国诗歌学会会员、中国金融作家协会会员，明溪县作家协会主席。出版《曾经路过你的风景》《春的诗画》《根之心语》《风雪南极情》《风雪北极情》《故园·他乡·远方》及主编《滴水村落》诗歌合集等。在《诗刊》《诗林》《诗歌月刊》《星星诗刊》《鸭绿江·华夏诗歌》《中国诗界》《中国诗人》《山西科技报·诗歌·艺术》《中诗网》《特区文学·诗歌专号》《青年文学家》《中国金融文化》等报纸杂志、文本、平台发表诗歌散文八百余首（篇）。

① 参见杨万里诗《插秧歌》。

第二辑

第二届杨万里诗歌奖

全国大赛优秀奖得主诗选

故乡的月亮

少小离家　步履匆匆
不少东西走着走着就丢了
但　萦绕在眼前的许多往事依然挥之不去——
比如儿时晚饭前　母亲在窑顶袅袅的呼唤
比如烛光的生日里　歌声切割开的蛋糕
比如多少回摸黑放学回家的崎岖山路
大人们把漫天风雪喊得跌跌撞撞
比如无数次阴雨绵绵早自学途中
父亲背着惊恐的书包蹚过齐腰深的黎明
半生已过　与我不离不弃的已然不多了
像今夜　星空下的这轮月亮
当我天涯海角闯荡奔波
她千里万里寸步不离　默默注视
而我　从来不敢抬头深情地望上一眼
我怕那颗泪含不住掉下来

最初的石头

起初　它就是一块
卑微的　灰头土脸的石头
春风擦拭它　夏雨滋润它
这大地上极不起眼的摆设
就成了和天上星星一样漂亮的发光体
其实　九霄云外那些光怪陆离的星星
也是遥远星球上的块块石头
只是一个遥不可及　一个伸手可触
太近了的往往极易看走了眼
当然　林子之大什么鸟儿都有
在那些慧眼识珠的圣贤眼中

这些最初的石头
就是一首美妙的诗中
一个逗号、句号　甚至惊叹号
如果是一幅价值连城的画
当是画龙点睛的一笔

水　　草

乡村的河里长满了水草
水是流动的　起身便可向远方漫游
而草　像被生活所累的农妇
终日被拴牢在拔不出脚的炊烟鸡啼中

这些草啊　周遭的水
有时清澈　有时混浊
这是它不能左右的
就像它不能左右
满天星星闪闪烁烁落下来的时候
便有叽叽喳喳的群鸟到水下筑窝
风景煞是好看
而有时　突如其来的一场冰雹
将它砸得遍体鳞伤
以至几天都不敢照照眼前的镜子

这些草　这些水中之草
一生都扎在深深的水里
从不招摇　更不过市
顶多在蜻蜓唱晚的迟暮
随微风伸展一下佝偻的影子
尽管它们有着曼妙的身段

秀发般一绺绺的水草啊
春去秋来　被岸紧紧系着

像被系紧的绣花鞋

故乡林荫小路上的蝴蝶

故乡巍神岭的林荫路上
散落着各式各样的蝴蝶
她们向阳处也落
背阴处也落
黄花上也落
紫花上也落
平坦处也落
坎坷处也落
几十年前　这里还不是生态旅游区时
它们就像现在这样
在贫瘠的土地上繁衍生息了
饮草尖露珠
食山野花粉
凄风冷雨中　纷飞的姿势永远是快乐的
有时还会依偎在一起
像说着悄悄话
我注意到　成双成对的较多
这些腹中有蜜的小精灵
翩翩起舞　紧紧相随
从一而终　不离不弃
像梁祝小提琴中两个跳跃的音符

作者简介：毕福堂，山西屯留人。中国作家协会会员、中国散文诗学会会员、山西省作家协会会员、山西省青年作家协会副主席。现任山西省文联《九州诗文》杂志社社长、主编，《当代诗人》杂志社主编。先后在《诗刊》《星星》《诗选刊》《诗歌月刊》《扬子江》《绿风》《诗潮》《诗林》《人民文学》《解放军文艺》《萌芽》《人民日报》《光明日报》《文艺报》等报刊发表作品一千余首（篇）。部分作品被全国十余家出版社选编。出版过《摇篮梦》《露珠之光》等三部诗集。《中国新诗大辞典》《中国当代诗人代表作》《中国当代青年作家名典》等先后载文对其创作业绩进行了介绍。多次参加世界华人诗歌研讨会及华文诗学名家国际论坛研讨会。2018 年获“首届丝绸之路（西班牙）国际诗歌艺术金奖”。

吉安·中国进士文化园

我听到三千进士笔墨豪挥
家国之策，行云流水
我看见其中一位回过身，递我一支笔
说你也来试试么？

我试着接过笔，探寻这个院落的日月
他们从《论语》中，从“四书五经”中
孜孜不倦地抽取答案
一夜的星辰点亮明烛
五更的灯火陪着他们

这片土地是一座才子城
这个进士园是一块磨刀石
是什么样的力量
让这里的耕牛，世世代代
从纯朴的土地里，拉动文化？
是什么让我，久久不肯离去
满脸泪花？

抬头仰望这片星空
三千颗明珠在文墨中闪耀
我愿撷取一颗星的光芒
照亮自己
从这里，离开之后

朝仙崖，悼文天祥

沿着朝仙崖这条曲曲折折的路
我走进一座圣殿，完成

我此生的寻觅

我寻觅一个人当年盖世的勇气
他怎样在一堆废墟中
立起骨架
又为骨架，装上肋骨般的一根根刀剑

最后，他想再拼杀一次
为了他的祖国

不要说山河已经破碎，国已败亡
他的体内，依旧装着一个铁铮铮的宋朝
我看到他坐在山洞里，布置最终的战局
胡氏兄弟站在他身旁
他没有料到一场完美的绝地反击
遭到出卖

今天我走进这座圣殿
看到一个如此威武的塑像
我三鞠躬，一个民族的不屈灵魂
便是我此生的追寻

读杨万里《初入淮河四绝句》有感

这条水路一直北行，船在摇晃颠簸
杨万里的心如何颠簸
我的心也如何颠簸

从洪泽湖向淮河推进
视野中，全部的水花都在哭泣
江水抱着前行的船舷互诉衷肠
难道淮河就已经是国界了？
淮河以北的土地，本来都是大宋江山啊

杨万里抚摸着喊疼的江水
杨万里有多么地头晕目眩
我也有多么地头晕目眩

代表朝廷送别金国的使者
他这一路走得很憋屈
淮河不是国境线，是一条鞭子
杨万里抽打着自己
杨万里的心有多少条鞭痕
我的心也有多少条鞭痕

这条水路走过刘錡、岳飞、张俊、韩世忠
他们都曾为百姓的安宁英勇杀敌
他们捧起无数朵激荡的浪花
奏响过激越的战歌
可是如今看来，这淮河
真的就成了国境线
杨万里的心有多少战栗
我的心也有多少战栗

淮河已经不是大宋的内河
淮河的水戴上了镣铐
杨万里沾着淮河的水，写下了他悲愤的绝句
杨万里的血如何在他的诗里燃烧
我的血也如何在我的诗里燃烧

作者简介：边海云，笔名云水之间。山西作家协会会员、中国诗歌学会会员、中国寓言文学研究会会员。作品散见《人民日报》海外版《山西文学》《黄河》《作家报》《火花》《青年文学家》及国内外各类报刊。出版诗集《风吹边塞》。

四个季节的杨万里（组诗）

吉水的春天

如果在南宋，我会遇见那个姓杨的男子
与他聊天，先聊春水再聊杜鹃
童年没有忧伤，滑开我身体内一排竖琴的
是那首很著名的诗
每一行都能奏响月光曲。一根根弦
我分别命名为：春天、童年、赣江、井冈山
爱情和愈加变暗的鸟鸣声
最瘦弱的那根，我就直接折断了
我为它错过一整夜
晚星从群山跌落，极轻极轻
像心碎。也只有三月
天空才会打响指
瀑布永远成不了标题。雾色里
我们航行在南宋
在世界的另一边，他有金戈铁马的预言
我会飞起来，飞
像音符甩开五线谱
超越韵律——最终如桅杆前方的灯盏
救生筏滑向一个朝代的腹部
那时的赣江与恩江都是浅紫色
那时的月光怎么看
都是柳枝刚萌芽的模样

在夏天，荷花是种元素

其实我更想说天使是种元素。我摊开那本
《诚斋集》，找我最喜欢的祖母绿
这书一旦打开，就有金属的质地

它与氧气一同流过
并从手背抵达灵魂的峡谷

二万五千首，是一个人的长征
留下的四千二百首
有青草、鸽子、天空，与河流
随便哪一页，都像帆
将我的身体与心
云朵般剖开。将我吹成六月的一朵荷花
将珍珠一般的时间
吹到夏天的边缘，作为一朵镶着金边的荷花
我不敢随便翻身
我的池塘里有百宝箱，喜欢微辣的水面
我的香气不敢轻易交出去
常有采菱的小船
偷偷划过，蓝墨水般的天

秋天的鉴湖公园，树木带来了旅行者的梦

我喜欢在公园，倚着树木写诗
我写诗，还喜欢丢弃日期，只为
那些句子来过，而又不留痕迹
穿过民国、清、明、元去找一个姓
他的一笔一画，有时带着泪滴
爱人的目光无法找到彼此
这世间的月光，我想都把它们
集中在一朵欲开未开的荷花上
一低头跨过秋天，把每一棵银杏橙
都当作金条，那些叶子
如果仅仅是扇形的金币
那就太低估它们了
在秋天，谁能忍受住这样的句子：

“两窗两横卷，一读一沾襟；

只有三更月，知予万古心”

每个字，都是公园里的一栋小房子
把诗放进去，像花茶、钢琴曲
像孩子睡在手臂里
月亮用自己的颜色在窗外唱歌

我携带日期在大地上旅行
丢过钥匙
做一个穿过鉴湖
去湴塘村的梦

寂静的冬天，小鸟飞来时，翅膀上有微微的雪意

雪落在树上，和鸟鸣声落在树上
是相同的频率。我和南宋的古人
都曾站在同一条河流旁
想到这里，抒情主义变成颤抖的浪花

在南溪，爱上一只天鹅之前
应先爱上她身上的羽毛，那是南宋的雾气
落在了她的身上
有时，南宋的雾气
也会斜斜地照进山上，柴扉里
老夫煮茶，绝句不过是一片氤氲的茶香
或者，化作满地明晃晃的月光
“最爱东山晴后雪，
软红光里涌银山。 ”

天降大雪
每片雪，都是一首诗
四千两百首诗，一首一首地飘落
他的诗躺在树上、鸟巢里、瓦缝间
汉字的睡姿，那么好看

走在南溪桥，不经意间
就会踩出一行斜斜的绝句

对一个人的热爱，就是在南溪
等待相同频率的落叶，鸟鸣
诗句震动的瞬间
想把我的心频，伴随着他童年的河流
一并寄回南宋

作者简介： 蔡英明，女，生于1999年。作品散见《诗刊》《星星》《诗选刊》《飞天》《草原》等杂志，曾获海南省晓剑文学奖等奖项，入选第十一届“新发现”诗歌营。

吉水一方（组诗节选）

黄 花 遍 地

穿过村头那座石桥
绕过槐树遮蔽那口井
就能看见　风中
那块油菜田
吹动着　春天的软绸

那么多黄色的小拳头
脏了又洗净
它们最硬的骨头　在三月
也经不住雨水的敲打

也抵不过　那些追花的蜜蜂
细细的针刺
哪怕一个轻盈的吻
也能穿透灵魂　疼痛着
并伤痕累累

月光下的桃花岛

一场细雨刚过
叶子还滚动着水珠
赣江河道中央的桃花岛
在月光下睡熟
而岛上盛开的桃花
却在夜色中醒来

风吹桃林　野草轻动
月光缓慢地沿枝头行走

那些血色的波光
映红了一顶顶绿色的帐篷
也映红了养蜂人
那一张张清瘦红黑的脸庞

所有的门扉虚掩着
所有的庭院洒满月光
我们坐在小船上
在赣水的波光里
随波动荡

月光下的桃花岛
江南春天的酿蜜坊
终于让我明白诗人杨万里
为什么能写出“一叶渔船两小童，
收篙停棹坐船中”这样的诗篇

今夜我们都醉了
我们不要红毡花烛
也不要龙床纬缦
我们只要桃花美酒
横卧竹排泊远……

世　　外

在吉水桃花岛
在诗人杨万里赣江的故里
我每次都要睡到自然醒
睡到蓝天　白云　鸟鸣和诗歌里
把自己交给桃花　交给月光和涛声
半个多世纪　从学校到单位
从关里到关外　我每天都在忙碌
从未这样放松，哪怕洗个澡
也要脱去所有的衣物

占用整个桃花岛

那一夜

那一夜　大片桃花
开得平静而绚烂　一些怀抱幼子
另一些至死也要守住流水的爱情
即便赣江拐了几道弯
也没能扑灭那场燃烧的火焰

那一夜　月光越洗越白
密密麻麻的桃林　占领旷野
夜露混合清新的芬芳
大面积流淌　这些仿佛来自隔世的气息
更增添了桃花岛古老的神奇

那一夜　我们没有见到杨万里
但他“泉眼无声惜细流，
树阴照水爱晴柔”的诗句
依旧把我们照亮
也许这个沉醉世外的隐士
他早就知道你我不过是过客
不过是月光下蠕动的两滴墨
今夜能写下什么？

作者简介：陈树照，中国当代诗人，中国作家协会会员。先后在《诗刊》《人民文学》《星星》《诗选刊》《诗潮》《诗歌月刊》《诗林》《绿风》《北方文学》等近百类报刊发表作品千余件并多次获奖。著有诗集《远方》《空城》等五部，与人合著长篇历史小说《左宗棠收新疆》，结集出版或入选各类作品选集近百部。

乘着南风去吉水旅行

乘着南风来到吉水的怀抱
带着单纯而任性
行走在青石路上
寻找你的足迹
那些潮湿的记忆，
仿佛在反复吟唱一首
乡土的歌谣
你的诗行
带我走进
吉水的山山水水
辗转漫步，聆听古迹说话
宣叙着忠诚，展示着威武
任由时光千年侵蚀
也不能剥落
恒久的信念
即使千年之后
肥沃的土壤
依然在丰盈润泽生命之美
闪烁的文风
依然在继续流传

一代诗宗杨万里

一代名臣赋诗写文皆善
一生笔耕不辍
小诗赋予思想与灵魂
脍炙人口
力作两万余首
奏响一生年华之河

扬名一代诗宗、中兴四大
开宗立派“诚斋体”名留青史

一曲“小荷才露尖尖角
早有蜻蜓立上头”
质朴平实，风情万种
万物生长逸趣在诗中
“接天莲叶无穷碧，
映日荷花别样红”
里院书声琅琅
儿音绕梁

自古圣贤百般磨炼
“莫怨孤舟无定处，
此身自是一孤舟”
一生心怀热忱，宦海沉浮、
初心不改，热血报国不减
铸就《千虑策》光耀千秋
强国之道，慷慨激昂
仁政治民，百姓爱戴
思想是你头脑里一把锋利的刀
风骨浩然，正气贯长虹
傲立风云
激荡岁月流传

作者简介：戴凤萍，女，祖籍江西，1997年旅居香港。江西省作家协会会员、萍乡市作协理事，萍乡市辞赋学会理事兼副总编，中华辞赋会员；香港文促会会员、香港女作家协会理事、香港国际华文研究协会理事兼副秘书长、青年文学家理事、香港《中华诗魂》杂志副总编。香港凤鸣母婴护理有限公司董事长。原创诗歌、散文千余首，出版个人诗集三种。

吉水行吟（组诗）

醉 诗 香

在吉水，我总是情不自禁
把自己想象成一朵才露尖尖角的小荷
等一只蜻蜓，从杨万里的诗中飞出
与我来一次千年的对视

时间变得缓慢，我听到水声
淌过赣江，与历史汇合
一块土地，因为一个名字千古流芳
我确信，来来往往的人
都有皎洁之心
遇得见“一代诗宗”诗铸的灵魂

那些飞入菜花无处寻的黄蝶
沿着时间，点石成句
灵动了多少岁月的沉浮
所有的修辞，在“诚斋体”里
都是人间的大美

桃 花 岛

十万朵桃花占山为王
还有什么比这更憾动人心

走进桃花岛，每一个段落都散发
芬芳。这是吉水的倾诉
以万卷诗意，拥抱五湖四海的来客
一只蝴蝶飞来，又一只蝴蝶飞来
时间在枝头颤动着

阵阵鸟鸣，携着历史的涟漪
在绿水青山回旋

忠义亭上，文天祥的凛然依依在目
谦和书斋，回荡着胡广与采薇
捉迷藏的笑声
杨万里在这里背水遥望过东升的朝阳
多少名士贤达，用一枝桃花
写下了人间的感怀

置身桃花岛，总有一个理由
让我们相信
自己也是一道风景
与千亩桃林，相映成趣

吉 水 之 美

一个古县，在蓄积了千年的
风声、雨声、读书声后
便有了蓬勃的力量，完成传承与创新
让年复一年的春潮
穿越古今，抵达幸福的彼岸

吉水冬酒，开坛千家香
甘醇绵厚的味道
积淀了吉水人民对生活的向往
月光下，流水微澜
一盏盏花灯点亮乡村的梦
吉水嗦螺、解缙豆花、红曲肉、水南腐竹……
一道道乡村美食
是舌尖上的乡愁，也是吉水人民
美满生活的追求

路在脚下，心在高处

自由奔放的赣江，孕育吉水人民的狂想
他们用勤劳的双手
创造了一个个传奇
也绘就了一幅幅美丽的生态文明画卷
美好与幸福，在绿水青山中
被一一打开

作者简介：邓红琼，女，笔名文心若水、文心，现居广东珠海。广东省作家协会会员、中国诗歌学会会员、中华诗词学会会员、珠海市香洲区作家协会副主席兼秘书长，《诗渡》杂志社社长兼主编，香港《流派》诗刊栏目主编。作品散见《诗刊》《诗选刊》《星星》《人民日报》《诗歌月刊》《中华诗词》《当代诗词》《浙江诗人》《奔流》《散文选刊》《澳门日报》等海内外三百多家纸媒及诗集、年选，出版诗集《爱与忧伤》等。

小荷尖尖，月子弯弯[1]（组诗）

小池荷香

认识你，从小池里的小荷开始
立在上头的蜻蜓，最后去了哪里
除了你，已没人再提及
也许，你也只是瞥见而已
当无穷碧绿香溢荷池
接天莲叶托起无尽欣喜
我的心头便漾动别样红的涟漪
如时光的珠玉，如岁月的水袖，如云的泪滴
那个夏天。乃至，那年漫天皆白的冬季
我和你，沦陷于紫水晶弥散的橘子香气
携手映日，走过百花次第
于是，有了我们，有了不离不弃，有了荷样的忠贞不移

湴塘寻幽

车窗外，湴塘的原野像喜庆的掌声，此起彼伏
老农在豆田割草，黄牛在田埂上哞哞欢叫
田地里卧着晒干的稻草垛，好似人们心底的快乐
一堆堆，一排排，与青山远黛对坐
古朴村落，旧居写意沧桑，残垣陡生苍茫
那些旧时光，那些年轮里裹藏的曾经与过往
倚月揽风，与现代繁华脉脉相望
剪裁 片幽静，做成荷般清新脱俗的裙裳
荷漾香逸的小舟，载不动几多乐与愁
天上，白云不流动。地上，南溪水淙淙
田间老农轻言慢语，自比陶渊明

① 出自南宋诗人杨万里的《竹枝歌·月子弯弯照九州》，“月子弯弯照九州，几家欢乐几家愁。愁杀人来关月事，得休休处且休休。”月子，指月亮。

一曲乡音，反弹琵琶，有道是风古色愈佳
三杯吉水冬酒，微醺。念湴塘，犹念古风美人

黄沙大道渡夕阳

千年古树是岁月的雕塑，千年古村是时光的回眸
湴塘幽幽，古风悠悠
看见你，着一袭长襦，闲步村口
眉如墨画，水翦星眸
眺望南宋，倾听田园
南溪水、古桥边，池塘舞荷仙
白鸥飞，黄犊归
黄沙大道渡夕阳，疏苗逗水光
越千年，阳光明晃晃地打在雕刻诗句的碑石上
细说惜细流，诗意爱晴柔
流年是一叶扁舟，载着沉醉的诗人在时光里游走
泉眼无声，树阴照水。小荷尖尖，月子弯弯

长 淮 之 上

你将万丈狂澜，千层熔浆凝于笔端
长淮之上，一个人的思念，在澎湃，在呼唤
问鸥鹭，谁将国中流水割裂成边境线
可曾看见，过扬子江的诚斋野客携瓶自汲煎茶
可曾听闻，两窗两横卷，一读一沾襟
可曾抚慰，万古明月一轮，三更天里一颗心
夜读的灯烛铺展诗卷
明灭处，犹见国破家残，中原未复
伫立淮河岸边，引项，眺望
长风沾满泪水，半壁浸透衣背
咫尺分南北，怪谁！滔滔江水滔不尽伤悲
风雨征途，羡艳鸥鹭自在飞，望断鸿雁归

从吉水湴塘出发

从吉水湴塘出发，情系万里河山

你恤民的手掌托起一方炊烟
温暖与爱舞动人间
从吉水湴塘出发，笔墨飞扬诗路雨花
气韵成河，但见中流以北即天涯
两个端的，大江金山替人羞愁满面
从吉水湴塘出发，辞别西湖烟雨，又回出发地
归田南溪之上，自家老屋一隅，仅避风雨
与乡野孩童逗趣，蝴蝶、 黄花、 菜地
时空暗转。忽闻北伐，一把心酸，大雨倾盆
可怜，江山半壁，半壁江山
你拒绝进食，拒绝晋爵
八十四字全是爱，笔墨点处全是家国
人间使命已完成，你倏然落笔
翠柏掩映处，你安然落座
端坐莲花山，缘起你一生爱莲，一生为廉
千年守望，守望千年
那令人热血奔涌的万里中原，一统江山

作者简介：霍莹，笔名冬雪夏荷。中国诗歌学会会员，河南省诗歌学会理事，2020 年度十佳华语诗人、十佳华语诗集奖组委会副主任，第五届中国青年诗人奖组委会秘书长。太康县作协主席兼诗歌学会会长，地方文学刊物《涡河》《灵运诗韵》执行主编。著有个人诗集《秋天里那一场离别》《绿萝》《冬雪夏荷》等。

优秀奖☆**高鹏程诗选**

大地上的压舱石（组诗·节选）

秋风赋

蟋蟀叫了几千年，有谁仔细聆听过那些叫声里某种
执拗的东西
蝉鸣三月，有谁留意过那最后一声
究竟是什么时候消失的
赞美萤火虫的人，谁用目光，搀扶过那一盏
跌跌撞撞穿过雨夜的微弱小灯？
大地上辛苦的喧嚣似乎尚未减少，山间坟茔的沉默已日渐密集
秋风急，秋风凉，秋风中
有多少歌声的遗产没有被来得及继承，又有多少难言的悲怆被落叶一样扫除
一代一代，无声无息

吉安问水

在这里问路要格外谦逊
一不留神，你就有可能走进一户进士门第
一个状元会和你拱手寒暄
向你打听故国的消息
在这里逗留要刻意留神
你要在每一座石桥上仔细聆听
桥下流水的低语
智者乐水，这里的水也许包含更多的智慧
让沿岸的村庄，出现了“三千进士冠华夏”的奇观
这里的水也许含有更多的钙质，让两岸走出的士子
比别处更多了一分气节
如果你能待得更长久些，你会知道
这里的水，不仅多情，而且刚烈
用它和两岸的红土抟泥
能烧制出冠绝天下的天目盏

一叶落而知天下秋，一叶落到天目盏中
就成了天下知名的木叶天目，
你可以用它沏茶，在白鹭洲书院和文天祥喝
也可以在诚斋里和杨万里喝
和解缙就着《永乐大典》喝
也可以在寻常巷陌、田间里舍和山野村夫喝
无论在哪里，你都能把吉水喝出
南迁后痛失山河的故国之痛
也能喝出“天下兴亡，匹夫有责”的担当与风骨

过吉水兼致杨万里

你到过更多的江河，你见过更多的水。
作为朝廷的接伴使，
你在扬子江畔，曾违心地为金国使者汲水烹茶，
让江河也感受到了屈辱。
而在这之前，你也曾在淮河边久久眺望。
你看到两岸的舟船各自背驰，
连波痕都难以相互交涉，
只有江面上空的鸥莺
能够北去南来，自由翻飞。
一条淮河劈开了你，和南北两个中国
而你只能空怀遗民之恨：
何必桑乾方是远，中流以北即天涯！
最终是流经故乡的吉水
给了你安慰。
然而直到晚年，你身体里仍旧有着流水之痛。
横在胸口的书卷，仍旧像淮河上的那艘
被泪痕打湿船舷的孤舟，
一任头顶的三更月，照着万古心。
然而又能怎样呢，烈士暮年啊，
你只能把身体里的怒涛，
一再压低，压低，直到它成为
一道呜咽的泉眼，无声细流。

直到一腔悲愤，化作早春的蝴蝶和蜻蜓
轻轻落在故乡的菜花和荷尖上。

吉水住歧钓鱼台[①]：寻隐者不遇

一个生前隐姓埋名的人，死后声名日隆
这是否符合逻辑
和他本人的意愿？

而钓者无言，去了更深的水域隐居
留在江面的漩涡，像一串诡异的笑容
那根水面上的钓竿，究竟
探向了何处，也许只有钓者心里清楚。

正如《左传》上的“三不朽”
成名的方式也有很多，其中一种
就是尽可能地隐姓埋名
隐得越远越深越好，但必须
给找寻者留下线索，以便按图索骥。

而成功的隐士总是能找到隐秘
但又恰当的道具
有人用一根垂直的吊钩，有人借助一江寒雪
有人，动用了一袭羊皮大衣。

云山苍茫，江水泱泱
两千多年了，吹过江面的，依旧是多年前吹过山高水长的
那一场风
而真正的钓台却无迹可考，变成了真正的隐者。

无数的游客如过江之鲫，纷至沓来

① 住歧钓鱼台，位于吉水县八都镇住歧赣江之滨，传为严子陵垂钓处。又，桐庐富春江畔亦存严子陵钓台，当更可信。

沿着江水慢溯
辨别一根钓竿留下的蛛丝马迹。

——事实上，谁都知道
那一根若有若无的丝线，连接的是江和山
更是江山
和江山以外的事情。

己未秋暮登郁孤台[①]兼与稼轩书

来到赣州才突然想起你。
登上高台才亲眼看见你的词句。

“郁孤台下清江水，中间多少行人泪”
当我轻声念出这句诗
喉咙里有陡然升高的海拔，胸口
有一道试图冲破堤坝的水流。

稼轩兄，现在是和平年代。
山河无恙，长安
已安。
唯有郁孤台下的赣江，仍像无法切断的泪行。

每个时代都有每个时代的伤痛。
你看到的是一个国家的悲愤，
而我只有一个人的郁孤。隐秘、渺小
不足为外人道。所以我什么也不能写下。

在你徘徊过的地方徘徊了很久
直到渔舟聚火，星沉河底。
它们看上去如此众多，却又互不关联。
每一粒，都在独自发出微光。这让我意识到

① 郁孤台，江西赣州境内，辛弃疾曾登台写下著名的《菩萨蛮·书江西造口壁》一词。

这个年代，并非所有的郁孤都是多余的
一滴水的愁予，依旧带着
全体流水的精神胎记。

夜色渐深时我悄然下楼。经过桥畔时
一对情侣的呢喃，被我误听成了深山的鹧鸪声。

作者简介：高鹏程，宁夏人，现居浙江。中国作协会员，浙江省作协全委会委员，宁波市作协副主席。一级作家。在《人民文学》《诗刊》《十月》《花城》《钟山》《中国作家》《作家》《北京文学》《散文》等刊物发表大量诗歌散文和文学评论。曾获浙江青年文学之星、浙江省优秀文学作品奖、人民文学新人奖、北京文艺网国际华文诗歌奖首奖、李杜诗歌奖、徐志摩诗歌奖、陈子昂诗歌奖特别奖和储吉旺文学奖等多种奖项。著有诗集八部。

中秋赣江（外二首）

中秋，我没回沱江炒冬尖
我在赣江，陪文天祥
勇过零丁洋高唱正气歌

中秋，我没到夏家河摘桂花
我在赣江，看欧阳修
狂书醉翁亭记慢吟秋声赋

中秋，我没去修水尝哨子
我在赣江，等杨万里
晓出净慈寺送林子方静描小池

月亮在赣江上徘徊，月亮在赣江下徘徊
月亮不关注白鹭洲书院，月亮不关照恋水的笨弟子

赣江的脚步不急不缓
追随庐陵月，就是追随一段情
亲近吉州桥，就是亲近一座城

井冈杜鹃

每一个村庄都离不开井
大井村、小井村、中井村、上井村、下井村
一口接着一口的井，大小五井
不是古老传说，是井冈山的名副其实

每一口井都离不开石头
五指峰下，龙庆河中
石鸡、石鱼、石耳，三石相亲相敬
一起守望春天，一起守望杜鹃

杜鹃在哪里，杜鹃在杜鹃山上
杜鹃山在哪里，杜鹃山在井冈山上
杜鹃红了杜鹃山，杜鹃红了井冈山
杜鹃粉红杜鹃紫红，杜鹃红成十里杜鹃长廊

端一杯酒，可以是井冈山冬酒
可以是井冈红米酒，也可以是井冈南瓜酒
在平水山极目四望
翠竹绿得那么吉祥，杜鹃红得那么安康

庐陵过客

雨时大时小，油纸伞开开合合
一把绿色巨伞的异香，让全部油纸伞失色
当然，这不是一把普通的伞
这是一棵樟树，一棵古老的移民樟树

白鹭在螺子山，飞飞停停
飞时和云朵说江南山水
停时和文星塔说进士三千

八月的庐陵，月亮不是主打
八月的庐陵，月亮有些孤寂

玻璃红鲤鱼在庐陵湖里畅游
状元才子，八大四大，何等风光
为何我只是打马吉州的一名过客
为何我此行的目的地，不是金庐陵

作者简介：海清涓，女，本名刘莉，四川资中人，居重庆。作品散见《文艺报》《诗刊》《星星》《散文诗》等，著有诗集《把心锁住》《茶竹倾尘》、长篇小说《玫瑰文》《罗泉井》等。

重温《杨万里诗集》

小荷才露尖尖角，早有蜻蜓立上头。
篱落疏疏一径深，树头新绿未成阴。
儿童急走追黄蝶，飞入菜花无处寻。
日长睡起无情思，闲看儿童捉柳花。
……

作为南宋“中兴四大诗人”之一的杨万里，他创造的“诚斋体”诗：新、奇、快、活、风趣、幽默，具有曲折变化、通俗浅近、自然活泼的鲜明特点。

“诚斋体”成就他“爱国诗人”和“田园诗人”两项桂冠！

——题　记

一只从八百多年前南宋飞来的蜻蜓，
一只从大美吉水湴塘飞来的蜻蜓，
还那么年轻、鲜艳、晶莹透明，
飞停在一只小荷才露尖尖角上，
飞舞在急走追黄蝶儿童的琅琅读书声，
飞行在菜花翻涌、柳花飞扬的青山绿水间……

步入这片生机盎然的青青树林
翻过一个个日月镀亮的日子
一草一木，叠印您的身影和呼吸
一山一水，烙下您的足迹和朗朗笑声
重温吧！这片树林太茂密
这里的每一声心语
都是一枚枚橙黄的桃李
每一串低语悬挂一串葡萄晶莹透亮……
而您可忘不了明媚的春光、五彩的花朵
忘不了银盘般叩响心扉的月亮
忘不了溪与溪交汇友情的激动浪花……
而激情四射的诗韵在燃烧，热焰的树冠

您疾恶如仇、爱国忧民
挥动火的手臂向苍天呼号
没有一朵云一丝雨来搭救，您执拗地
燃烧血与肉，让火带走头发、四肢、躯体
留下灰烬。花朵灰烬里诞生了
沉甸甸的果，香飘千年万载——
请千年后的读者怀念曾经的血、跳动和热
翻阅您，手指触动诗韵的雷电或彩虹！

您的诗韵像一盏月亮灯

如同心脏照亮
　身体和生命
诗韵像一盏月亮灯
照亮淤泥似的沉沉黑夜

星星文字，一颗颗闪亮闪亮地
记录了人类永恒主题

您的诗韵，有多遥远？
遥远得像您二十岁生日那天的云朵
转眼间，云已飘到头顶了
片刻，诗韵的雨点铺天盖地砸下来
您来不及思索来不及去寻找避雨处
没有屋檐没有大树的绿萌手掌
猝不及防您淋了一个落汤鸡
雨停，您仍原地不动痴望着
　头顶笑眯眯的太阳
而今，您热烈的诗韵
左傍春，右靠秋，迈腿就到了
另一个季节的疆土，而大树般的
根，钉牢了您的位置，摇响
三百六十五个痴情绿叶的风铃
诗韵，有多遥远，聆听江河的足音

路，有多长，云有多高，诗韵就有多远
海啊，波涛摇撼一个遥远又
　近在咫尺的梦！

您把心掏给大美吉水澁塘了

您把心掏给大美家乡吉水澁塘了
花朵把芬芳掏给蜜蜂
春天把绿色掏给诗韵情
天空把太阳掏给大地
而您端出沉甸甸如硕果的乌云
扔下一缕缕滋润的雨点和爱
在家乡心湖溅起经久不息的涟漪

有时，走路累了，您就躺进一片草地
这没什么稀奇，可您把草地当成您自己了
您就与自己融为一体了
与土地一道萌芽返青，开花结果
与土地一道走过春风夏雨
与土地一道采摘金色的秋天
冬天，让一场雪覆盖你俩吧！
等下一个春天的花朵小指头
　叩醒沉睡的您和大地！

您的诗韵是一朵雪

您的诗韵是一朵朵雪
从天上降落人间
是仙女下凡的一个过程
素雅、圣洁、白净、轻盈
她想温暖每朵花
　纯净每株草
　叩醒每颗心
而人间容不得圣洁的雪
街道、巷口、小路、山道……

那么多布鞋、大鞋、小鞋……
践踏着她们美丽的身子
转眼间，化作污水黑水
（有人还讥笑她们是祸水）
于是，您心间的一朵云
迟迟不肯降下那一场雪

而当诗韵成为一阵风
悄然远去，您与
身旁的野草一样静默了
不再摇曳、不再舞蹈、不再嘶喊
低下沉思的头颅，像田畴的
禾穗，等秋来裁判

太阳把绿色大地翻拍为黄金天堂
树枝头悬挂的果实
收录了多少春雨绵绵的故事和情语
沉甸甸，再也承不住昨日
丰盈的诗韵，砰然而落……

当家乡之爱已成往事，被风吹远
大地是否捧起一束束金黄色的稻谷？

我是一块鹅卵石就好了！
您的诗韵如河水，碧澄澄的河水啊
我是一块鹅卵石就好了
整天整天躺在您 温柔的怀抱里

冬天枯水期
水落石出，我因
出人头地，却失去了
柔美冷艳的诗韵？
而明年春潮到来时

诗韵的清冽河水将再一次
把我淹没！

您的人生和诗歌

让风来传递心声
让云朵来送情话
闪电在黑夜写下炫目的诗行
吐露您心中的诗韵情吧
像早晨的地平线吐露朝阳羞涩的心
像树林吐露小鸟的啼鸣和翅膀
像春天吐露绿叶的心语和花朵
一阵阵幸福在心间鼓荡
刮起沙尘暴，让我沉醉
迷糊、昏厥、休克，让
沉默如蚌的我吐露深藏心底的
珍珠：爱您，您的诗韵！

您的名字，您的诗
不是今天的口香糖，不是！
嚼完香和甜就乏味了，不是！
是一颗种子伸出条条根须
扎根心的丘壑平原，读着读着
一株绿叶婆娑的大树，霎时
拔地而起，摇曳初恋的风
诗韵的小鸟筑巢树冠，一阵阵
清啼久久回响耳畔，闹醒
一颗欲静的心。需要、需要您
一个温柔的心语，像小舟
把我从此夜撑向黎明的彼岸
帮我渡过漫漫无期的失眠长夜
而您的名字在春夜里
是我翠绿的一叶竹排
不能逆河而上，就顺水而下

赶往黎明的门槛，把早起的
　朝阳撞一个满怀！

您的诗，在我们心底——
让一道闪电引爆一场倾盆暴雨
让一条江河引爆一次肆虐洪峰
让一朵小花引爆春天的姹紫嫣红
让一只蜜蜂引爆迟到诗韵情的绚丽
让一星火花引爆一个故事的惊天动地
让一轮朝阳引爆一个霞光万丈的艳阳天

您的人生，久久孕育我寂静腹内的心跳
叩响我一行行蛰伏的诗，像蚯蚓
一条条隐匿、蠕动于地底的沉寂里
奢望引爆一颗颗种子的定时炸弹
春风，自然会拉响诗韵情云朵的一枚响雷！

作者简介：胡刚毅，祖籍湖南衡阳，20世纪60年代生于革命圣地井冈山。中国作家协会会员，中国散文家协会会员，江西省作家协会会员、理事。曾任井冈山市委宣传部副部长兼市文联主席。在《诗刊》《诗选刊》《中国诗选》《人民日报》《光明日报》《星星诗刊》《上海诗人》《绿风》《北京晚报》《江西日报》《创作评谭》《扬子江诗刊》等报纸和杂志发表诗歌、散文一千二百余篇。先后出版诗集《生命与大海》《每个人都是一棵走动的树》、散文集《巍巍井冈山》；等七部。有诗作入选《中国诗歌精选》《中国诗歌年选》及《中国诗歌白皮书》等三十多种选本。2003年获江西省文联第五届“谷雨文学奖”。2008年10月获“中国2008年度散文年选”评比一等奖。2009年8月获“神农杯”诗歌大奖赛二等奖。

千虑策

乾道三年，那个春天你写下的
都被历史记住了
人民记住了，我辈也记住了

谈及君道、国势、治原、人才
还有论相、论将、论兵、驭吏
你有道不尽的千肠百结
为国、为民，只要关于家国天下
你声声入心，字字关情

那年的春天来得很早，却持续得很长
以至于今春江西，仍有你当年的古韵
“前日之勇一变而为怯，
前日之锐一变而为钝”
你当年的训诫，我们沿用至今

以及，“民者，国之命而吏之仇也”
被你珍视的苍生也把你融进生命
如今站立吉州古地追问吉水人的出处
他们毫不犹豫地铿锵回道
“我们都是杨万里的后人！”

小池

小学一年级读到你
读到诗，那是最干净的句子
每一个词语都带着自然的典故

你用最朴素的方式告诉一个孩子

美为何物。“小荷才露尖尖角，
早有蜻蜓立上头”是初夏的尝试
也是一个六岁孩子对时间
最原始的感知

《小池》一直躺在课本里
而你却跟随了我们一生

你说，“接天莲叶无穷碧，
映日荷花别样红”浩瀚的生命力呀
像极了我们二十出头的灿烂
后来，“莫言下岭便无难
一山放过一山拦”的警戒
荡开了我们不惑之年的情绪

相似的遇见
接连地穿过无数人的身体
沿着你走过的路
我们捡起了寥落的星辰
并反复地论述那被诗歌拥抱的命运

大美吉水

她坐拥山地、丘陵、平原
却仍向水问路，如你所见
一座城市有多辽阔
我们必然从历史问起

“一门三进士，隔河两宰相
五里三状元，十里九布政”
关于土地的厚度，时间都做了
详尽的答复。赣江北去
她的身体里有着水的魂魄

在高山雾气、泷江、恩江、同江里藏身

南麓斋的书声传来千年前的教诲
而今学子接过，带去了天南地北
时间和空间的交错，是此地的回声
你听，石阳古城的黄昏里
住着唐宋的风雨
桃花岛也从江湖来到人间
并以——吉水命名

作者简介：康承佳，90后重庆山城姑娘，毕业于武汉大学。曾获第三十六届全国大学生樱花诗歌邀请赛特等奖、青春文学“最佳青春诗歌奖”、2019全球华语大学生短诗大赛“年度诗人”等奖项，曾参加中国星星第十一届大学生诗歌夏令营，作品偶有发表，散见于《诗刊》《扬子江》《草堂》《星星》等。

千年湴塘，一路诗香（组诗）

一

山与水，人和事
被四千多首诗，串起
入木，笔笔深刻
掏出湴塘的每粒沙石
都有拂面的诗香

二

南溪桥，跨越历史的脊背
链接八百多年的时光
走近，走进
我在寻找尖尖的小荷
邂逅一双不倦的蜓羽

溪水潺潺，田垅阔阔
阳光倚在青砖黑瓦上
诚斋体的谐趣与活泼
路过宋雨，明风，清露
不枯不莠

一只斗笠，一件蓑衣
一林修竹，半轮月影
留有诗人委婉的笔墨

三

葱郁的香樟，在诚斋先生的

掌纹里生根
在慢时光中，遒劲
一株海棠，是朵温暖的火光
是诗人眷恋故园的入口

小游园、御书楼、忠节总祠
翻新的乐章
是移动的诗行
漫过我的目光
在心中，脆响

村西，山若莲花
诗人的墓碑上，明晰着生与殁
撒在人间的两万余次感喟
在世人的脑海里，集结
这，是他一生真挚的呼吸
擦亮千年湴塘
一路含情、飘香

作者简介：李长青，笔名莲花青子，江西莲花人。2005 年开始写作，有诗歌、散文、小说在《诗刊》《当代作家》《江河文学》《星火》《诗歌周刊》《无界诗刊》《赣西文学》《雉山文学》《打工文学周刊》《月亮诗刊》《安源文艺》《萍乡日报》等刊物发表，诗歌入选《2018 江西诗歌年选》《吉安十年诗歌精选》及诗选集《雅安地震诗祭》等。

匹夫之志（组诗）

——读杨万里诗有感

梅花与荷花

不管梅花还是荷花
你都是爱的，君子都爱
荷花捧起了阳光
梅花在严寒中守住清白

你总是在清风里多站一会儿
硬朗的骨头不会随风倒
梅花孤独，犹赠人以暗香
而扎根在淤泥的荷花
最了解底层疾苦

得经历狂风、暴雨、骤雪
每一丝温暖阳光，都是
有血性的人养出来的
你已经把自己养成了一朵花
深深地依附在土地上
每当浑浊的雷声响起
你就撑一把小伞，独守一寸清澈的绿

读罪己诏

河山犹在，中原可复
匹夫本就是一腔热血
梦中已经流太多泪
刀锋和笔锋，都该磨砺

乱世为人，活着
甚至是一种罪
或死于流迁，或马革裹尸

或将烧透的鲜血再燃烧一把
仅仅为了照亮几句家乡话

河山犹在，中原可复
多少人死去了
还在流着泪呐喊
匹夫之志不可夺也
都是区区顽石
只不过，心中立着山岳

归　鸿

船已离岸，你说
波浪尽头有没有天涯
秋风并不是无故落泪
是你心中开始下雪罢了

淮河水始终平静地流淌
而你心中翻涌着浪花
一条河成了一把刀
两岸舟船
仿佛只能背道而驰

和平，哪里有和平
此时你只能羡慕南飞的鸿雁
它们思念，于是归去
都往同一个方向
而遥远的归途
也仅仅，只是遥远

作者简介：林杰荣，笔名林邪云，1986年出生，浙江宁波人。中国诗歌学会会员，浙江省作协会员，第二届全国新青年诗会成员。曾获李白诗歌奖、鲁藜诗歌奖、徐志摩微诗歌奖、冰心儿童文学奖、谢璞儿童文学奖、宁波文学奖、2020年十佳新锐诗人、中国好诗榜奖等。出版诗集《海边的玩火者》等个人作品集五部。入选浙江省青年作家人才库。

杨万里，高高举起一枝荷

在吉水，湴塘村清水长流
流过山岭，流过南溪桥
流过御书楼，穿过风云
滋润着一个人的生命

与一枝荷，清亮亮地
相望，内心深蕴着荷的情怀
扎根泥水，倔强地伸出手臂
把握着上善的性格

与泥土相连的是一棵棵草
是活在民间的疾苦
能让百姓安居乐业
是一生的牵挂

南宋的天空布满沉重的阴霾
广博的学问，深刻的思索
期望残破的国家兴旺富强
收复中原，播种万亩庄稼

一个人的抱负远大
就要承受更多的劫难
与朝廷争，与奸臣斗
只为河山，忘却了自己的生命

不管路途多远，一直走下去
吾将上下而求索
一部《诚斋集》充满心血
盖过云天的呼喊让后人仰望

做一个人，一个正直的人
就要如荷一样磊落
荷是命运，“接天莲叶无穷碧
映日荷花别样红”

是的，在湴塘村
先生峨冠博带，沉稳，浩然
以雕塑的姿势耸立
俯视着南国苍茫的大地

黄 桥 游 记

入黄桥水声渐起
绿绿的，漫过生苔的青石
一些小鱼拂过脚面
摇晃着通透的身躯

天气正好，和煦的阳光
照射着还有些鹅黄的桑叶
憨态可掬的蚕宝悠悠地吃着
臌胀起青白色的身子

田间的油菜花在风中轻摇
黄蝶飞舞丛中匿
万里寻踪，一片迷离
泛着金色的光芒，那么耀眼

一群彩雀儿穿过街巷，越过屋顶
飞上高高的蓝天，盘旋着
啾啾的鸣叫声平仄有韵
让青草都有了飞翔的愿望

我撑一条小船
穿过廊桥划向外婆家
点一点长长的竹竿，击起水花
惊飞了一群大白鹅，“鹅鹅鹅”地叫

梦，乍地醒了
窗外秋虫在鸣，密密匝匝
月光洒满庭院
泪如深秋的露水，湿了枕巾……

儿时的年味

开财门，迎财神，
宾客到，福多多，
那个木门红漆的小院，
那个洒满春阳的天井，
那个推磨人弯弓的身影，
一年的快乐，
随年糕的糯香，
长留在记忆的年轮里......

江南的早春，
仍有未退尽的寒意，
灶头的炉火，
却暖了整个屋堂，
令人翘首的年夜饭香味四溢。

祖孙三代围桌而坐，
品酒品菜话家常讲故事，
浓浓的血脉亲情，
在外婆操持一生的双手中凝聚。

年年有春归，岁岁有除夕，

外婆精心烹制的年糕，
已成我心中独一无二的珍味。
光阴流转，人世沉浮，
儿时的年味已成永不褪色的回忆。

作者简介：林琳，香港诗人作家，英国工商管理硕士。《香港文艺报》社长兼主编、香港当代文学艺术协会会长、香港文联副理事长、西北大学国际诗歌研究中心特约研究员。创办香港新文艺传媒出版公司，职业出版人，致力于海内外文化艺术的推方和传播，荣膺2021年度香港杰出人物奖，个人事迹获香港《杰出人物》杂志、《名道杂志》等报道。文学作品散见于海内外各大报纸杂志，荣获多种诗歌奖项，词作歌曲曾获CCTV中央电视台展播金奖及多个国际艺术节金奖，亦在香港卫视多次播出。著有自译中英对照《林琳短诗选》，中英日三语诗集待出版。

春 泥 歌

大地软下来了，什么都可以穿透它
瓜秧、豆苗、草叶、竹笋、蛇

什么都可以在上面写诗
鸡爪、狗脚、鸭掌、牛蹄、猪蹄
不知名的鸟迹，大大小小的鞋印
有的潦草，有的工整，有的圆滑，有的深刻
一串赤脚，鱼群一样，上了田埂
跟着老农和他的水牛，游进了小溪

大地软下来了，青蛙跳起一米多高，都摔不痛

太 阳 辞

向你吐口水的，正是你为之奔走，为之呼号的
向你扔石头的，正是你想拯救的
问你后不后悔的，正是你曾经要其忏悔的

含泪的微笑，如雨中的斜阳
太阳照耀万物，万物何曾有一物报太阳
太阳依然会照常升起——照耀，不过是太阳的本性而已

渔 歌 子

快递员骑着摩托，几经周折，找到了收件地址
白鹭有几十只，灰鹭有两只，人却没有半个

等不起你，我们到青溪收卡来了
渔娘在手机里说：包裹挂在第三棵乌桕树上就行

烟 雨 谣

烟雨是有重量的。船，吃水很深
天空，吃水也很深

烟雨太重，白鹭飞不起了
落在船顶上歇脚

本来去凤栖寨捕鱼的它，往吴家寨赶场去了

蕉 溪 谣

我不累，但我停下来了——好人应该向好山
行注目礼

我不累，躺下来，是不想浪费
又宽又长的木椅

睡醒了，迟迟不走
是不想浪费了手指一样的风

我不脏，但我脱了衣服。游一游，洗一洗
是好人对好水应有的尊重

作者简介：刘年，本名刘代福。诗人。

秋　分

我是和闪电一道起身，接着
行走在喑哑的雷声里。第一滴雨
自天空沿着弧线加速度坠落
最后迎面折向我——“啪”成为
玻璃窗上一颗晶莹剔透的秋
此后，整个秋天
一分为二

石鼓书院千年银杏

对于你，时间是否存在？难道它
只是一道弧线，在你的年轮上
盘旋延续。你先于石鼓，还是
石鼓先于你？当你的木杵
敲响那鼓面，读书声遂起——

是谁种植了你，抑或是你自己
选择在这绿净蒸风、三江并流之地
入土、发芽，长成参天巨树。
那些读书人，以思想撑起

你粗粝的树干，用学识滋养
你根下的泥土。江阁的读书声
已永久地嵌入你扇叶时钟指针的间隙？你
在天地间吐纳你的呼吸，完成着你自己。

看惯了无常和生死，你的生存
已丰盈成一季季金黄和碧绿，沿着
不息的江水激流漫溢。你自成世界，

你的每棵银杏都是一个汉字，足以写满
整部衡岳湘水文化史。你枝头摇曳的

时光碎片，不停地抖落一个个
闪光的名字：杜甫、韩愈
周敦颐、范成大、朱熹……他们
都曾在你的树荫下冥思漫步，如同我
今天走向你——捡起一片银杏叶

掌中金焰灼灼。我们的一生
不正如这些金叶，匆匆成熟又快速凋落
从此，我要把你植入我心里。

作者简介：刘雅阁，女，北京大学中文系-老舍文学院骨干作家班学员、老舍文学院诗歌高研班学员。2015 年自驾车赴北极腹地探险，著《自驾万里征北极》；曾获中国青年诗人奖、紫金花诗歌奖全球抗疫诗歌大赛一等奖、世界华语童谣童诗大赛二等奖、张家界国际诗歌节诗歌大赛二等奖、人人文学奖最佳女诗人奖，入围海子诗歌奖等。出版诗集《徒手攀岩者》。

草木人间（组诗节选）

谁愿意把草原都给我

不用问了，谁都见过草场
凡是被牵扯出的毛线团，都在绵羊的身上
或者呼伦贝尔

谁愿意把草原给我
那就给我羊鞭，有羊没羊
有浅草就好

哦，这草原来是别人的，这么宽的草场
我还以为自己
怀上了一只迷途的
羔羊

松　　子

人间草木实在是太多了
我基本叫不出它们的名字
我在想，我有那么多的笔名
能不能送出一个

有一天，我来到大垄山
风是横的
草是软的，躺在地下的
大多是散落的松针

这是我唯一能叫出名字的松树
它有许多孩子，那些小家伙
喜欢抱团出行，或坡

或沟，或草丛
远一点
喊它
松子

有鸟飞过就好

所有长高的，有庄稼，有人
都要往上
透一口气

到了夏日，伏下身子
一口口气
要留着帮助汗水，加持镰刀
我亲眼看见，谷穗不再往上爬
有人说，那腰杆
已是脊梁

人一天天老去，谷粒变成粮仓
有鸟飞过就好

立个秋，天未凉

今天，秋风是懦弱的
因为是个头秋
刚一露头，秀发是免不了
但没有柳絮
那样的腰身

我看见她时，一样绯红的脸
我在窗口留了条缝
她悄悄进来时
我的鱼缸多了一些
泡泡

不说如海如涛，不说
归仓的谷粒，几声蝉鸣
废弃的轨道
只在立秋这一天
往前
咣当一下

作者简介：卢辉，诗人、诗评家、高级编辑。中国诗歌学会理事、中国作家协会会员、中国文艺评论家协会会员。编著《中国好诗歌》。主要著作《卢辉诗选》《诗歌的见证与辩解》等，诗歌、诗论散见境内外各大刊物和年度选本。获得福建省政府文艺百花奖、第三届“诗探索·中国诗歌发现奖”、第五届（2017－2018）中国当代诗歌奖批评奖、《现代青年》年度十佳诗人、第三届中国天津诗歌奖、中国（海宁）徐志摩微诗歌奖、中国广播影视大奖等。现居福建三明。

杨万里，千年的炯（组诗）

诗 之 恋

赣水之滨站着一位巨人，
脚踏着八百年时光链条呢喃。
两万首长歌乐宙的诗魂神魄，
一百三十三卷文华辞藻的忠肝义胆。
我追逐着岁月的流光溢彩，
与你，一代诗豪握手言欢。

找寻诚斋诗行吴天楚地的神韵，
倾听笔下三江激流的呐喊。
感悟你惊天透月的胸襟博大，
体味你举重若轻的捉柳悠然。
金子般的语言啊，不让韩柳，
吉水洲的灵光哟，婉约翩跹。

一代星君伫立日月光辉的潮头，
播撒着美轮美奂的千古诗篇。
中华文脉镌刻着
你不灭的光影，
庐陵故里长奏着
你耀世的笙歌管弦。

国 之 殇

似屈子的铮铮傲骨，
秉管仲的德配忠虔。
一腔爱国诗人的碧血樱花，
遍撒江南篱墅半壁城寰。
面对危如累卵的家国厄运，

痛陈强虏入侵下的畏缩偏安。

你目光如炬挺身而出，
擎起了抗敌救国的火焰。
朝堂上“千虑策”的大声疾呼，
出使中据理抗争的衣带渐宽。
屈辱清泪的孤寂，
铁马冰河入梦的呼唤。

你不灭的爱国胸怀可昭天日，
你救民水火的痴情是万顷波澜。
奉之清杨巡行万里，
诗人的芳名在坊间风传。
吉水之子融入了千山万壑，
留在了华夏族人的肺腑心田。

民之粹

吉安六月的烟花水秀，
幻化了农耕史诗的伸展。
接天映日的黄桥水乡，
游进了诗人多彩画境的洞天。
从农人插秧的田埂走来，
用脚步丈量诗行的厚重蜿蜒。

爱民、生繁、战火离乱，
充实了立足为民的理学转圜。
为官奉新体恤民情的担当，
离任封库不带分文的治下清廉。
城内不设兵营扰民的惠州善举，
上书朝堂苍生为念的举措诤言。

诗人的慧眼装载着感地动天，
惊天的缘笔饱含了万物苍生人间冷暖。

得民心者长存伟哉，
高山大泽不会忘记悯者的海涵。
爱民、生繁、富饶、期盼，
千年的主题诗行永远不会消失搁浅。

吉山圣水的传说

一条母亲的脐带牵着吉水的灵秀，
一泓赣江滋润着吉泰百川。
你从遥远的古越走来，
用诗行把岁月的长廊装点。

历练着一千三百年的兴衰更替，
横亘着东山朝霞渔舟唱晚。
吉安从来不缺光耀和厚重，
绵延着滔滔不绝的盛世交欢。
山川地貌闪烁着文曲星君的光芒，
风荷万里回荡着股肱之臣的济世箴言。

你是华夏文明的灯火，
案山遗址展现着五千年吴头楚尾的发端；
你是劳动智慧的创举，
“中华钺王”“青铜犁铧”印证着赣鄱先民的果敢；
你是理学教化的左岸，
庐陵文脉孕育了白鹭洲，阳明书院的讲坛；
你是圣贤人文的骄傲，
创造了“隔河两宰相、五里三状元、进士三千”的奇观！

庐陵的风姿装点着赣鄱的脸庞，
吉安的怀抱满载着华夏的翩跹。
源长，流淌着欧阳修的治世哲理；
泽广，传颂着杨万里“映日荷花”的诗篇；
岭高，铭刻着文天祥的大义无畏，
海阔，储纳着解缙总纂“永乐大典”的旷世非凡，

唱不尽吉安骈山贯海沃土多稼的丰饶，
说不完庐陵名人轶事万古争辉的炯颜。

历史的潮头推向新征的伟岸，
今日的吉安光韬四射气象万千。
四十二万人丁兴旺，生繁不息，
二千五百万沃野争辉，蓄势飞天。
吉安人敢想敢为承前启后，
赣江岸鹦鹉洲阔境海涵。

发扬“追求一流、坚守气节”的庐陵精髓，
高举“不忘初心，牢记使命”的世纪宏言。

乘古郡新邑的盛世东风，
洒一路珍珠汗水浇灌明天。
踏着先贤的遗泽福报，
奋发图强建设一个更加辉煌灿烂的新吉安！

作者简介：卢彦，笔名霜重。中华诗词学会会员、辽宁省作家协会会员、辽宁省诗词学会副秘书长、沈阳市诗联协会副会长、沈河区作协副主席、辽宁下一代美育教育发展中心专家委委员、沈阳市残疾人联合会文化使者、沈河社区学院诗词班讲师。多次获得全国、省市诗歌、文学大赛奖项，作品发表在中央电视台、《光明日报》《辽宁日报》及《诗潮》《中国诗人》等多家报纸杂志，并出版发行《霜重集》等文学著作。

庐陵诗章（组诗）

荷

六月的西湖，不如此刻的黄桥
尖小的荷角摇曳蜻蜓的双翅
那是遗世独立最好的注脚
如果人世需要色彩
那就是高洁无际的青绿
和裹育的一朵红心

晴柔的照水，不如此刻的轻寒
东山的晴雪映照万里江天的暮蝉
那是文章气节的写照
如果生命需要描绘
那就是铅华落尽的小池
和最小钱的一片碧血

慢慢翻开你的诗集
想要剥开文字的外衣
咀嚼你的灵魂
你的灵魂透着一缕月露荷香
护着庐陵的一方文脉
无论脑海还是现实
清风拂过湴塘
荡漾起一阵阵的荷浪

图书馆后山的海棠

后山的名字叫诚山
书斋里藏有整个春天的秘密
明媚的阳光染透诗人的梦境

故园锦绣已成堆

台阶散起香雾
我小心托起脚印，怕惊扰那朵幽静
蝴蝶翩跹，初晴后抹匀的青白天色
倒映成一杯清酒，我不忍一人独饮
去穿过深长的记忆

一番清雨洗净的鸟啼
柳条婆娑，斜掩淡淡的花影
湖面波纹中搅动的鱼音
图书馆三拱桥头的回首凝望
后山两颊顿时生起红晕

沿江路的瓦片

我捡到一枚瓦片
在盛夏湿漉漉的下午
雪白的浪花碾碎成
黝黑的柏油颗粒
我走在记忆的牙缝
捡到一枚瓦片

我嗅到几百年前
炉火的蓝和土窑的泥黄
桑叶上的蝉鸣伴着赣江的风
吹着摇橹和渔灯
我抚摸着黑釉花斑
涂抹上岁月的痕迹

我捡到一枚瓦片
在沿江路的柳荫下
在白鹭洲的书声里
我捡到我的另一个生命

古庐陵的呼吸

古青原台的梅

古青原台的阶石
摇晃着夕阳下的斑驳
弥漫的暗香
袅袅成寒空上的絮云
我等候淡淡的月色
如故友般来访你
你的行迹
却似鹭洲桥下东流的泠泠
教人不知何处寻觅

你独自化成杜甫的诗句
留我倚着桥栏
日暮下瘦高的竹影
是单薄的衣袖
明天应该有一场大雪
我却不能踏着你的足迹
任凭白发覆满额头
去仰望春天的暖阳

柳 絮 的 白

柳絮载着盛开的梨花
飘扬暮春的白
摇曳到三秋的芦苇丛
又浸满赣江的浪尖
落成万顷的飞雪
和千杯的清酒

我也许是孤行的旅客
映照着微雨的斜阳
镀亮了螺峰的文星塔

柳絮的白，是我追寻你
那船头的一角衣衫
和月下的无穷碧影

轻　笑

缈缈林烟，飘飞的衣襟
带着秋天的水气，你踏歌而行
茫茫云海，绚烂的锦霞
如五彩的羽翼，你吹响长笛

芒鞋竹杖，从不沾染烟火
只带来尘埃，还有悲悯
冰冷的眼神，遮盖住的
是那火热的心跳
那是民族的脉搏

朝风暮雨，晦朔阴晴
都在手心，不愿摊开
不会坐地成佛，只因热爱人世
不会存于尘世，只因月下高吟

等到有一天，人人悟道
你便轻轻一笑，化成云海林烟

作者简介：弭节，本名李洁，江西吉安人。吉安市作家协会诗歌委员会秘书长，吉安职业技术学院副教授，诗作散见《雪莲》等刊物，被连续收录《中国新诗排行榜》《每日一诗》等选本，获 2018 年首届湘天华杯国际华语诗歌大赛优秀奖，30 强诗人。

大美吉水（外二首）

清灵灵的山　大东山俯卧
云隐禅寺的钟声传远
挑动苍穹中闪耀的星辰
晨和鸟儿相伴醒来
杜鹃短促的清脆的啼叫
一点点刺破
山林间的水汽氤氲
不远处 开阔的赣江水面
辉映着都市之晨的容妆

江河每天都是崭新的
融济着两岸大美之风
吉阳大桥驶过
可上杨万里公园
可达桃花岛仙境

大美在这里聚集升华
敞开千年胸怀笑了
古镇总有河流淌过
总有古桥和段段传说
醉卧在大美之怀
吉水之大美是文化的乡村的
城市的　更是美丽的生态的

大雪日《出水莲》独思

古筝曲《出水莲》里的莲
微微张开　也把沉闷的思绪打开
择一处端坐　江南水乡
恰逢诚斋先生的笔锋从
“早有蜻蜓立上头”刚刚落下

南溪桥头　罗汉松旁
诚斋先生在旧屋里躲避风雨
笑问杜甫“天下寒士”安在？

大雪日　没有雪来
情丝倚在《出水莲》的清秀旋律里
似有遮拦抑或日落平原
山歌还在丘陵间回荡
万里草木　万里山川
诚斋先生在出水莲上行走
湴塘从悠悠上古里走来
江右文化二大支柱之一
似莲花一朵
似清风一道
诚斋先生笑傲南宋朝野

《出水莲》源于那个年代
诚斋先生生活的年代
好一个“作家各自一风流”
“士大夫”抛在脑后
少时无庐“寒士”在
生生不息恋乡村
人本情怀闪耀在诗篇中
诚斋先生也在听着《出水莲》吧
听懂了　做到了……

有一个时间胶囊叫庐陵

大雪日 在长江的入海口
开启时间胶囊
你好！庐陵

似是一位旧友　多少次在
历史的翻阅中相逢
恰是一座丰碑　几回回在

梦境的迷雾中仰望
风之子劈开上古的缝隙
庐陵，青铜质地的丝丝飘落
吉泰平原　风水吉安

庐陵是一座城　两千多年了
庐陵城似一个智慧的魔方
可以翻动　任你怎样组合
一个固执的独具魅力的
一个根植儒风链接岭南的
一个红土神韵般的存在
始终是　文章与节义并重

庐陵是一面旗帜 旌旗猎猎
千年可是一个篇章
古城古窑古铜古书院古刹古村
尽收在这片红土地上
一一陈列 堆积起庐陵文化
千年只是段段记忆
老表的骨血里涌满耿直和倔强
……

古道天涯远
回望金庐陵
彩色的万吨轮在
长江上游动

作者简介：齐冬平，笔名亦平、老东，生于黑龙江省北安，祖籍山东。中国作家协会会员，《中国冶金文学》编委、中国冶金作家协会副主席。出版诗集《齐冬平新诗选》《齐冬平诗选》《未来港》等。其中，《我在太湖等你》获第三届中国冶金文学奖散文类三等奖，组诗《把微笑放在年的流逝里》获第二届昭明文学奖优秀奖，组诗《在大洋的那一边》收入“学习强国”《拾掇70年的片段——我和我的祖国》，并获得《诗刊》2020年“弘扬与传承新时代愚公移山精神”诗歌全国大赛优秀奖。诗作《新时代钢铁家园》获得《诗刊》2021年“光荣与梦想”诗歌全国大赛优秀奖。

时间的后视镜（组诗节选）

缙云山：牧云者说

一

自古江川书巴字。道路有多艰险
江河就有多深情，万物总在遥远的身后
追赶着自己。巴山蜀水像落入尘世的
云朵，赶着我与唐朝，朝着朝代走失的
方向，去赴一场“未有期”的生死之约

巴山夜雨，在一首唐诗的尽头自燃
成为烛火。今夜的北碚，雨把巴山磨成墨
夜与雨的伤疤，文字眼角的一堆灰烬
在西窗的白发上，凝望着星辰
“闭着眼睛，从内部照亮自己。”
这世间，同病相怜的
唯有巴山与夜雨，锦瑟与五十弦
是诗与诗人，是病，与病人

风雨的速度，成为一片寄北的云
每一滴雨水落下，暗夜就深埋一节
孤灯就与孤独消瘦一圈
不管有无夜雨与云朵
天空就在那里。但白云会记住
北碚、巴山和夜雨的
每一次向北的抬头与望天
以嘉陵江的水，以缙云山的云
破墨，为每一位过客
备下大地的脉动和诗歌的芬芳

穿裤子的云
永在寻找他的乡魂，与伊人

二

山色今朝画巨然。北碚将自己炼丹
成为缙云，云在云层中合掌
把雨水洒向在雨中把自己奔跑成
雨点的人。闪电与雷鸣
只是道路与行人的斗篷
巴山的一滴雨，就能将千年之前的
夜晚点燃，就能把千里之外的我照亮

北碚，从嘉陵江腾云驾雾一样
抽身出来。巴山的花木与庄稼
从根部渗出露水
露水，流过泪的唐诗宋词
像北碚，沸腾在石头里的温泉
雁过的秋声，从此相思成云
云块，苦难发配的流放之地
我种下异乡。在异乡，我种下文字与云朵
将与大地一道
长出词语的痛感和五谷的乳房
每一朵云，都成了巴山夜雨的亲人

走向自己的人，注定没有归途
正如，头也不回的星夜与今朝
被诗歌引照的土地有两种痛
一种是拔节的生长，一种是离歌的碎响
在文字的遗址上，被自己的指纹烫伤
诗歌的血割破了，缙云山黄昏里的钟声
向北的雨虹，泪水的一种釉色
是北碚脸上，被秋天吻过的红晕
每一位来北碚的人，都要受到巴山夜雨的

灌顶，以及夜灯与诗词的，照耀和吹拂

三

高举北方，高举巴山与夜雨
高举的万物在高处诞生
“不过就在这人间暂坐，
却要历经万千沧桑。”
缙云山，一个晚熟的人
身上总附着时间的晨露与夜霜
像一些苦难，都会干净地融化
追赶云朵的人终将成为云朵
云不是天空，它却像天空一样
悬挂在天空。云是一个虚词
与修辞，它忽略了山水间具体的事物
神山仙岛，洞天福地、人间宫观
它让缙云山不再是自身的显现
而是再现：每个登上山的人
各自都是一座缙云山

岁月登高，时光不断架空自己
在缙云山的顶峰，云与万物
完成了生死周期的轮回
一种空虚，完全地接纳了我们
我是云的脚，走在自己的头上
向着更高更辽阔的民间与神灵
在空中行走，像苏格拉底那样
做一个“逼视太阳的人”
在这里，荒野不生长出野心
而每一粒尘埃，都怀有慈悲之心
十月的天空，不是不再有雨水了
而是，白云的心里不再有泪水
出岫的云，拉开山的抽屉
草木的疼痛，早已被自己修炼成药

山中何所有：诗人、白驹与苍狗
仿佛肉体内的野兽，已降伏于人间
就借缙云山暂坐，在最高的狮子峰
与缙云的孤独，来一次手谈
你用霜雪煮茶、我用月色温酒
在嘉陵江的茶几上
与日月星辰碰杯
此刻的北碚，从星辰大海杯中溢出
云的飞蹄，雾的轻舟

作者简介：秦风，本名蒲建雄，文学博士。中国诗歌学会会员，四川省作家协会会员。曾获首届全球汉语诗歌大赛主奖、首届天府文学作品奖、长城文学奖、苏东坡文学奖、全国十大最佳抗疫诗歌奖、第六届上海市民诗歌节诗歌奖、意大利梅莱托国际诗歌奖。文学作品译成多国语言，发表收录国内外多种诗文选集。应邀参加第二十七届（印度）世界诗人大会。著有诗集《独步苍茫》。

怀南溪

——致故乡和诚斋先生①

在你的墓前聆听

六月的小荷，“才露尖尖角”
一列小学生，像一只只蜻蜓飞来
肃立墓前，读你的诗篇
稚嫩的声音，没有尘埃，满是清香

赶路的人
也洗一洗你喑哑的河流吧
听，声音领着宋朝的一颗童心
像柳絮的飘出

阳光照着墓前的青柏，洒下一片斑驳
那树荫仿佛是你
爱着一切晴柔

怀 南 溪

茶树长出了新芽
油菜花就要开败在家乡的田野
你坐在树下
收起锄头
雨后小溪的流动好像
孩子的脚步：春天捉柳，冬天弄冰，荷边看蜻蜓，菜花田里寻黄蝶

十五年了，你隐居南溪之上，
自家老屋一隅，仅避风雨：“清得门如水，贫惟带有金”

① 杨万里为官清正廉洁，尽力不扰百姓，当时的诗人徐玑称赞他“清得门如水，贫惟带有金”(《投杨诚斋》)。任满之后，应有余钱万缗，但杨万里均弃于官库，一钱不取而归。

家乡的米酒你仰头饮下
就接着看月光，“竹深树密虫鸣处，时有微凉不是风”

一生中你就是那微凉的人
多奇妙啊
故乡的红土地，是滚热的
但永远挂着微凉的月光

一棵油菜花的怀想

楼下空地，忽然出现一棵油菜花
孤单的它，不会明白我的
意难平
此刻，家乡那一片金黄春日遥远
“儿童疾走追蝴蝶，飞入菜花无处寻”

风吹过，一棵油菜花的香气，
抱住了遥远的一万棵
去哪里寻你？诚斋先生
去春天，和春天的香草中吧

米开朗基罗说，他的天才
是由于家乡“飘逸的空气”所致，
平凡的人也有深深的谢意
诚斋先生，你的飘逸
有黄金的质地
屈子的哀愁

过吉水，怀诚斋先生

眼前出现“吉水”二字
大红，方正
或许，在东方
源头从来就只有一个，上善若水

“七山半水二分田，半分道路和庄园”
过孤江、恩江，我闲看
公路两旁红彤彤的火棘果
是你
一样的忠烈质地，
它还有一个名字，叫赤阳子

有一些结局无法救援
来自临安的坏消息，使你恸哭于茅屋
“吾头颅如许，报国无路，惟有孤愤”
语毕，笔落而逝。杜鹃是怎么啼血的？

染了怎样的黄昏？我终于明白
笔落在南溪，落在这片土地上

冬有梅，夏有荷，春秋不断

作者简介： 苏唐果，本名唐媛英，70后诗人。有作品发表于《诗刊》《草堂》《汉诗》《中国诗歌》《星星诗刊》《儿童文学》《意林》《鹿鸣》《星火》等。

在吉水（组诗）

从杨万里诗中走出来的荷

幼年　才露尖尖角
青年　莲叶无穷碧
百年　千年　万年
一池永不凋零的荷

烛

一粒微光
把黑夜
捅破

残　荷

寒塘残韵
风舞弄影
谱一曲暮年绝唱

距　离

从春到冬
需跨越四季
从冬到春 仅需一秒

雪　梅

茫茫雪海中
枯枝上
蹦出一朵粉红色的春天

陀　螺

挺直身子

才能在冰尖上
跳出春的舞步

听　雨

夜 清寂了山寺
“滴答” 一声禅语
道破了 天机

踏　青

驾一缕清风 邀绿柳万条
烟花染烫的三月
听跫音缭绕

作者简介：谭秀琴，江西省鹰潭市人。清华附中清澜山学校语文教师，信江韵微诗协会理事，《微型诗选刊》编委。微诗作品发表于《2020年度中国儿童诗精选》《信江微诗韵》《微型诗选刊》《鹰潭日报》《参花》等。主持完成课题《习作微诗：小学写作教学突围的“微”模式》获基础教育教学成果奖省级一等奖。

杨万里，你是我从小念到老的一行绝句

言外之意

——读《晓出净慈寺送林子方》

六月的西湖不只有荷花
但只有荷花懂你的言外之意

你说“接天莲叶无穷碧”
西湖的水就再也洗不掉
风的衣衫上染的一身莲香
你说“映日荷花别样红”
就算别意浓得化不开
祝福已同阳光一起被你赠予

林子方应该更懂得西湖荷花的立意
懂得你的语速与诗中所押的韵
还有莲叶层层递进的烘染

我也相信
有一种情感就像一首绝句
能让人从小念到老

想象赋闲后的日子

——读《小池》

等我赋闲退休后
就到土产店买一把铁锹
然后，携两袖清风回到老家去

放下行囊，我就拿着铁锹
开始在老屋旁边那块荒废了多年的空地上

挖一口池塘。岸边插柳
间种几棵苦楝树
引赣江清水，养树荫为鱼，种一池荷花
藕种最好是野生的
一定要用泥巴包好再沉入水底
然后

然后嘛，一个人一卷书一壶茶
静坐天地间，等一首绝句出浴
等时光对我道一声：无事一身轻呐
轻得像一只蜻蜓落在平水韵上

各负其责

——读《悯农》

春天负责筛选种子然后播撒出去
大地负责向秋天交出稻穗然后收留稻茬
农民负责人间的温饱然后被人间遗忘
你负责写押韵的挽词然后让时间记住
我负责穿上黑夜一样的道袍超度往生
然后心怀苍凉的火焰
天空负责用雪掩埋雪
没有然后

你按下淮河不提，却问我

——读《初入淮河四绝句》

此刻，淮河像一把刀横在你的眼前
咫尺南北是你今生渡不过的天涯
当国被一分为二时
草木的心里也藏着一个统一梦

只余鸥鹭无拘管，北去南来自在飞
天空的飞鸟像谁手中的针线
徒然地缝补着这破碎的山河

而你又在绝句里替谁忍着针扎之痛

昨夜我在梦里与你对酌这个话题
说到动情处，你一仰脖便饮尽八百年宿愁
然后，按下淮河不提，却问我
几时海峡能通衢，两岸来往像回家

像一张膏药，恰好遇到你的旧伤

——读《自金陵西归至豫章，发南浦亭，宿黄家渡》

仿佛看到了你坐在画舫甲板上
旁若无人的样子不是孤傲也不像孤独
眼前的江山如画，像一块好看的布
苟且缝补你漏洞百出的家国
又像一张麝香膏药，恰好遇到你的旧伤

因为懂你，赣江在涛声的掩护下
默默地流进了长江
长江投身了大海
只见画舫欲行又停
不忍归去。不如归去

作者简介：万建平，江西省作家协会会员，南昌市作家协会常务理事，南昌市美术家协会会员、南昌市音乐家协会会员，南昌县作协主席。作品散见《诗刊》《词刊》《星星诗刊》《江西日报》《百花洲》《创作评谭》《时代文学》《浙江诗人》《延河》等等。曾获江西省首届“林恩杯”全国诗歌大赛一等奖，第二十五届“东丽杯”全国鲁黎诗歌奖三等奖等。出版诗集《赣江物语》。

优秀奖☆**王爱民诗选**

万里大地是一张纸，笔下轻落草色（组诗）

田园：菜花深处，看蝶收回翅膀

童子柳阴眠正着，一牛吃过柳阴西。

——《桑茶坑道中》

儿童急走追黄蝶，飞入菜花无处寻。

——《宿新市徐公店》

春风是初生的牛犊
几朵悠闲的云愿怎么飘，就怎么飘着
一颗南瓜，叶子下睡掉了头花
鸡鸣暖红了怀里的蛋，必有神拱出躯壳

一朵花扑蝶，与我撞个满怀
一只七星瓢虫，爱上了粮食和蔬菜的味道
炊烟慢，流水慢，牛铃像铃铛草
都保持一千年前的样子

说蛐蛐的悄悄话，荷锄的肩膀开出桃花
一只早杏，懒懒滚落脚下
揽水自照，做一棵更好的荷花
一两声蛙鸣堪比十里山雨
树下坐着，一块石头转绿

笔下有青草的味道
来吧，孩子们，回到庄稼的根部
在叶子上给你写诗
回家的牛，走在一行行白描诗句里
走成了第二人称

低头听水，抬头看天

一千年后，我还在等待一场新雨
等待雨后的彩虹，从纸上升起
且在菜花深处，看蝶
收回翅膀

一生：听一听大山的回声

正入万山圈子里，一山放过一山拦。
——《过松源晨炊漆公店》

黄桥镇湴塘村，安放下盖世的诗篇
南溪桥下，流水翻书，流水拍案

离家人走得比一首诗更慢
四面青山逶迤如书卷
一道流水屯诗万里，走读的雨声轻落
一首诗保持湿润，动用了一千年的时间
抑扬顿挫的平仄悠远得像桨声
青史如青山，帆影如一道闪电

一个半壁的偏旁，扶你起来
抱石头补天，骨头里有一块块铁在鸣叫
此岸望断彼岸，草木千年一叹
头上乌纱，沉不过怀中方块字
明月拍遍栏杆

长眠之所，是一本合上的诗卷
一个字抱紧另一个字
一朵云带着一场场雨归乡
当一张纸老了，回归泥土
还保持泥土的颜色

替青山请命，为流水代言
把攒了一生的电闪雷鸣，交给吉水
人间光阴短暂，有时候真需要
听一听大山的回声

诗意：笔墨引领，为草木作序

泉眼无声惜细流，树阴照水爱晴柔。
小荷才露尖尖角，早有蜻蜓立上头。

——《小池》

东风领读西风，湖光对仗新月
小荷尖尖，脱颖而出
像启蒙，像叮咛，仿佛旧时光新生
蜻蜓轻落，词语的清香别具一格
岸边的一棵柳树，弯向水面

用脚步抵达一撇一捺
简洁晓畅有更大的美，点破流水
笔墨引领，为草木作序
慎用大词，一句顶万千水滴

让一盏灯，一条河，一首诗
不紧不慢，再教授一遍
诚斋传世，寄放静美河山
真诚嘱托啊，把我们的笔误擦了又擦

星光轻落，花朵攥紧拳头
擂响春天。小小跳动的心
在一部堆满田垄的书里
总是热的
雷声藏于词语，是绝响
吉水，从一行文字里下眉梢

清廉：写荷花的人成了美谈

接天莲叶无穷碧，映日荷花别样红。

——《晓出净慈寺送林子方》

一朵莲花，水下养一条根
袖里清风，比燕声干净
而一位把水端平、身带清气的人
用荷花点亮了内心的灯盏

东风采莲，西风采莲，步步生莲
清风偏爱莲，吹莲花成另一缕更轻的风
白云朝向水面，朝向心底澄澈的蓝
荷花收藏了大地天空的干净和美

出淤泥而不染的人，腰挺得笔直
写荷花的人成了美谈
怀清风的人找到了家

荷叶一夜铺叙到天边
才立起一朵荷花的悬念
今生愿为莲，不喜不怒，不妖不艳
慢慢把自己洗净，但不把自己写满

悲悯：笔下一滴泪，砸出了千年的深坑

稻云不雨不多黄，荞麦空花早着霜。

——《悯农》

一粒粒秕子的秋天
压不住一首诗的韵脚
荞麦空心，紧紧摁住了自己的胸口
要咳出内心的石头

白纸镇住黑字
把夜色还给墨，灯更悲悯一些

忧愁像正午的山影，就此变长
当一匹马低头吃草时，露珠悲悯
替叶子挡风
替遍地草木，白了头发

轻轻替你关上一扇门户
前半生喊风，后半生听雨
大地就是一张纸页
笔下一滴泪，砸出了千年的深坑

作者简介：王爱民，辽宁营口人。中国作协会员，某文学杂志主编。

正气之歌飚万里

南宋历史命运多舛，
时势造英雄顶天立。
前有抗金英雄岳家将，
后有亦官亦诗人杨万里。

一一〇三年，
岳飞诞生河南安阳汤阴县；
时隔二十四年，
江西吉水传来男婴啼哭取名万里。
自小受益慈父耳提面授，
四处拜师交友懂仪礼。
持恒耕读中进士，
步入仕途有出息。

万里入仕为百姓，
不求升官谋俸禄。
任职新奉革顽症，
初试锋芒无先例。
亲巡发现监狱多百姓，
原来租税沉重是枢机。
前任剥肤敲髓欺百姓，
官府库空几乎颗无粒。
万里下令放“囚犯"，
改革税赋法令立。
大胆实践新治政，
府库日满现吉气。

万里为官有抱负，
上书《千虑策》刮沉疾。

参议“君道”谈“国势”，
纵论“治原”说“才”理。
“论相”“论将”又“论兵”，
献计“驭吏”制“冗”气。
令行“选法”慎“刑法”，
国兴富民“民政”力。
三十篇章陈国策，
谋略独到解千虑。

朝廷喜欢听赞歌，
哪容大胆责时弊？
无所顾忌杨万里，
自然不被大用下场凄。
万里从容以笑对，
随时备足盘缠归故里。
一生为官清廉心悯农，
不扰百姓不贪利。
告诫家人任上不置物，
以免离职回乡行李累。
江东转运副使任期满，
余钱万缗全置官库自放弃。

退休南溪之上图清闲，
乡友涕零“清得门如水”廉官吏。
万里自住老家屋一隅，
仅避风雨坦然求自励。
吟诗作赋显潇洒，
唱和诗友不疏离。
自吟“老夫不管春催老”，
只图花前倒下烂醉泥。
尽管他“旧贫今更甚”，
仍然坚持“读书不厌勤”，
偶下田垄再扶犁……

南宋诗坛独创诚斋律，
正气之歌传飏华夏千万里。

延安，不只是有窑洞

多少年，
人们留下一种陈见，
延安似乎只有窑洞和贫瘠，
只有枯燥和困苦生活的历练。
实际上错了，
昨天与今天，
自从毛泽东率领中央工农红军会师陕北，
这里就与贫瘠与枯燥再见。
这里成了革命精神的焠炼之地，
自力更生自给自足军民体质恢复日健。
杨家岭窑洞毛泽东的讲稿还在发声，
还有抗大、鲁艺、《解放日报》和保育院。
简陋剧场里响起音乐旋律，
还有话剧歌剧木刻板画活跃其间。
延水河畔有革命情侣散步的身影，
战斗间隙也难得有革命浪漫。
延安的阳光显得清朗明艳，
吸引着国统区大后方一批批青年。
到延安去成为有志青年宏大理想，
革命根据地的圣光在世界呈现。
将士回延安休整重赴前线，
他们披挂着延安精神锻造的盔甲，
在前线面对敌人的枪弹一往无前。
延安精神铸造了克敌制胜子弹，
延安精神成为百年的党红色遗产。

几百年前的老延安，
也并非只有窑洞，

这里曾是北宋延州府重要镇关。
范仲淹先天下之忧而忧，
镇守延川防西夏来犯。
城楼高筑街市繁榮，
将才守护百姓心安。
酒肆杂耍应有尽有，
黄土高原犹如江南。

岁月风尘湮灭了塞北繁荣，
古城楼毁于罪恶的国民党飞机炸弹。

延安的记忆需要复活，
陕旅扛起复话的责任。
将历史风尘和进建造的泥浆，
垒起岁月砖石让古风韵再现。
圣地河谷耸起昔日城楼，
古街区老建筑得以复原。
宋代酒肆饭庄让人穿越历史，
宜居客栈休闲娱乐风景尽显。
绿色植被覆盖黄土高坡，
重新赋予绿色“塞上江南”再现。
威风锣鼓奏出黄土高原活剧，
圣地河谷演绎出延安历史变迁。
历史与现代衔接相得益彰，
延安这座城市人文侧影丰满日渐。

来吧，到延安来吧，
圣地河谷老城的摹本还在复活，
宝塔山下的延安号声还在历练。
你可以体验这里的红色基因，
你可以体验华夏文化复兴重任在肩。

千年石镇雨中感怀

春雨温婉丝丝绵绵，
喷洒石头开花万物斑斓。
万年县的千年石镇，
聚焦着采风者观察视线。

相邻不远的掉桶环遗址，
传说着万年前稻菽驯化故事。
伴河而兴的千年石镇，
留下先民道不尽的美谈。

千年前乐安河不安分，
跟随鄱阳湖之浪漫卷。
卷来千姿百态石头，
先民以石垒坝防洪魔泛滥。

岁月更替时代变迁，
筑墙安澜历经年年。
千帆竞渡多有不测，
玉溪码头立起不熄的灯鉴。

而今没有孤帆只有远影，
水系整治幽幽古巷再现。
石镇舒展华服广袖，
昂首起飞只是时间。

作者简介：王谨，笔名梅仁，曾用名王金球，原籍湖北黄梅县。人民日报海外版原副总编辑、《人民日报》高级记者、中国作家协会会员、西北大学丝绸之路国际诗歌研究中心名誉顾问。著有文学和新闻作品集《家国情怀》《与岁月对话》《如歌岁月》《大门打开之后》《西行纪闻》《南国写真》《岁月诗行——王谨诗书画欣赏》等。在《人民日报》（包括海外版）发表新闻和文学作品五百多万字，数十篇作品获全国性奖项。

杨万里与小荷[1]（外二首）

泉眼无声，小荷尖尖
一场生命的怒放
蜻蜓，立在了枝头

六月的日子
在池中，坐成一叶小荷
听蛙声一片
在风中，相思又长了一寸
看万物丰盈
在季节之外，江南之南
守着一季烟雨

诚斋[2]有月

诚斋，月推半窗
鸟儿飞过，醒了半树桂花

竹影拂过案几
点几许墨香，草长莺飞

夜半风起，一帘秋雨
折叠在记忆深处

今日归去便归去
长空万里

---

① 参见杨万里诗《小池》"泉眼无声惜细流，树阴照水爱晴柔。小荷才露尖尖角，早有蜻蜓立上头。"

② 参见杨万里诗《好事近·月未到诚斋》"月未到诚斋，先到万花川谷。不是诚斋无月，隔一林修竹。如今才是十三夜，月色已如玉。未是秋光奇绝，看十五十六。"

不管荆溪和南溪
诚斋有月，月月相同

遇见野菊①

山水入秋
是你，不让秋风瘦了季节
寂寂在向南的山坡上
晨钟暮鼓

选择了风霜
就有了风骨
阳光雨露，旷野悬崖
个中有个自有得

万花川谷
踏香而行，随风遇见
折一支野菊，独享清欢
不枉年年一片秋，醉黄花

作者简介：王秀萍，笔名东篱下、醉明月，福建明溪人。福建省作协会员，中国诗歌学会会员，明溪县作家协会副主席。

① 参见杨万里《野菊》《赏菊》等诗。《野菊》："未与骚人当糗粮，况随流俗作重阳。政缘在野有幽色，肯为无人减妙香。已晚相逢半山碧，便忙也折一枝黄。花应冷笑东篱族，犹向陶翁觅宠光。《赏菊》："老子平生不解愁，花开酒熟万缘休。更教不为黄花醉，枉却今年一片秋。"

杨万里的酒与茶[1]（组诗）

味外之味[2]

草屋窗下苦读的回响，
在庐陵千古厚积的底蕴里徜徉。
蜻蜓浅停于夏的檐窗，
聆听素衣少年
山河远阔的丹心所向。

鸥鹭南来北往[3]的畅翔，
犹能携走几缕文赋诵念的铿锵。
更将庐陵文情悠长的信笺，
衔往千古不息的青云与朝阳。

酒敬长淮

痛饮一壶月酿的酒，
敬，从肉里撕裂出去的骨。
把郁愤塞进长淮深沉的裂缝，
但凭淮河两畔秋风起，星野凉。

舟行不过淮河波心的颤晃，
波心的涟漪北逝南淌[4]。
不忍渔火映愁容，
惟有生酒入长淮，
请北逝的流波酣饮 壶

---

① 杨万里嗜酒茶，可见于《饮酒》中“海中无蓬莱，蓬莱在酒池”和《将睡四首》中“已被诗为祟，更添茶作魔”。而酒的落拓和茶的清明亦是杨万里的人格写照。

② 取自杨万里《习斋论语讲义序》中“读书必知味外之味”。

③ 化用杨万里《初入淮河四绝句·其三》中“只余鸥鹭无拘管，北去南来自在飞”。

④ 化用杨万里《初入淮河四绝句·其三》中“两岸舟船各背驰，波痕交涉亦难为”。

眷恋的故园酒。

酌 酒 吞 月[1]

浮沉间一生忧患，
酌酒吞月抚慰滚烫的誓愿。
弗如抛了腐木与敝屣，
把揉碎的悲怆
随风挥向奔涌的千古。
但愿骸骨埋进故乡的土。

故 乡 春 晓

故乡的风绾结赤胆刚廉肠，
故乡的水从文情墨香的渊源
纵情流淌。
漂泊无定的躯壳，
得以在故乡蕴藉里从容安放。
出走半生的惆怅
和余生慰己的庐陵风光，
揉着故乡春染山茶的明媚清香，
就书写在放杖梅影下的桥廊[2]。

世味煮新茶

且将小荷尖角上的新露烹茶，
伴蜻蜓振翅，轻敲生命的声响，
将半生浅斟润吻。
温软生命中曾开于荒途的芥蒂，
让它们在骨头的裂缝里，
开出清幽的梅花。

---

① 取自杨万里《重九后二日同徐克章登万花川谷，月下传觞》中“酌酒更吞一团月”。
② 杨万里退职归乡，将《南溪早春》镌刻于湴塘廊桥的墙壁上。

茶样清明[①]

茶香袅袅融于夜色幽幽，
缓啜一生的茶甘，
那是白雨落于屋檐的自然，
那是水与茶两相浸透的成全。
故人如茶，过往云烟亦如茶，
秋夜漫漫，端坐不为眠。

花前倒[②]

白首相视酣酣日，
世味随了款款风。
仔细将孤独埋进深窗，
不觉任形骸隐入夕阳。
沉醉把盏花前倒，
共赴山河日月长。
更所幸故乡墨香悠厚，书声琅琅，
无限景光，情深意长——
可亘古抚慰泥土下的梅花魂魄，
诗意赓续山河入梦的赤子情肠。

作者简介：吴梦雪，1992 年出生，籍贯内蒙古赤峰市。现居广东中山，写诗新人。

① 化用杨万里《谢木韫之舍人分送讲筵赐茶》中“故人气味茶样清，故人风骨茶样明”。
② 取自杨万里《忆秦娥·初春》中“只图烂醉花前倒”。

星星恒久的光亮（外一首）

他踏出万里诗魂
摘下太阳系最璀璨的金丝
为一只名叫庐陵的金凤凰
编织闪耀千载的桂冠
信仰是它的羽毛
在青原山深处一缕缕吟唱着
他用笔下的烛光
燎原出一片草长莺飞的土壤
终于化为一颗星星奉献给诗的圣殿
所有的诗都住在那里
我们看见那颗叫文节的星星恒久的光亮

吉　水

你如此丰饶，你叫什么名字？——吉水
杨万里是谁，他来自何处？——吉水
那里人才辈出，所谓状元之乡？——吉水
听说那里青山悠然，历来文风鼎盛？——吉水
你就是庐陵文化的发源地之一吉水？——是的

作者简介：吴丝丝，曾用名丝丝，女，苗族，85后作者。中国少数民族作家协会会员、中国散文学会会员、中国校园文学委员会理事、上海作家协会会员、鲁迅文学院第三十期学员。出版《柠檬草的滋味》、《橘子香水》、《来生我们一起走》等多部文学作品。

献给吉水的赞美诗（外二首）

有一个好地名，更是一个好地方
有好山好水，更有仙则灵
地处吉泰走廊“一核两翼”中“北翼”区位
杨万里公园，枝繁叶茂
神秘神奇的大东山，峰头台笔，
怪石林立，以神、绝、巧、灵著称的石莲洞
繁花似锦、云雾缭绕黎洞山庄和桃花岛
秋水长天好像有仙女在漫步的鉴湖公园
花枝招展。贡柑是水果中最美的混血儿
花一样面容和少女的肌肤
自然景观人文景观结合成超越灵与肉
吉水大地的馈赠
现在经济的繁荣加上文化的加冕
“四区融合”发展新格局
全力以赴绘就“大美吉水”新画卷。
我在大美吉水行走
在欢呼的人群中行走
在流光溢彩姹紫嫣红中行走
吉水是宜居的，有她独特的语言紧扣保障改善民生这个根本取向
在加强和创新社会治理上勇争先、走前列。
奋力谱写“四区融合、大美吉水”高质量跨越式发展新篇章！
在这里我们说喜悦的话
除了说喜悦的话的确如此
我把凡是语言到达不了的
交给了另外一些语句
吉水你长河温柔的波光
在新时代草地上舞蹈。

在吉水，向杨万里先生致敬

在吉水杨万里文化公园
听到无声的鸟鸣
一只鸟在树上
它那么静
我放慢步子
屏住呼吸
我们感受到
一个八百多年前的巨人
不死的精神
云和微风是新的
有的石头开悟过
迷人的田野
没有因果的微风
复活了那八十多年
杨万里在吉水生活中温情的片段
在荒芜的大地上
也许他将有崭新的思考
他也许将在绝望中懂得一切
亲临政务，廉洁从政为民
积极探求治理吉水的方略
“两窗两横卷，一读一沾襟；只有三更月，知予万古心”
与民同乐、爱民亲民的贤令襟怀至今传唱
我沿着大地生长
熟悉了吉水
也仿佛日久生情
我感到长出了
文明的神经和血管
并在梦中开出了辉煌的
蓝宝石那般迷人的花朵

好地方：吉水

我的朋友　我到了一个地方好地方：吉水
那可是要在很多路以后出现
松间沙径　森林里的吉他声
热秋燥，初夏多雨，伏秋干旱，云系多，光照少，无霜期长
多年平均气温为十七八度
总之我知道打哪里都可以开始爱
看心头弥漫雾里的香气　慢慢升起
我的朋友　据我观察这里的日日夜夜都是这样
多雨多风　夏季凉爽的森林舒缓发暗　闪亮的阴影
树叶恋着树叶　沙沙声连着沙沙声
热量资源丰富，冷热差异较大；雨水充沛，丰而不衡
光热同季，光能潜力大山地垂直气候多样
适宜高温作物栽培农、林、牧各业大农业的气候优势
人们一直在行走、人们用去很多语言
通向深谷的花朵好像由远处回家
用几缕香就好相伴在吉水的山水中在清澈中坐下来
在舒缓的山林深处请毫不迟疑坐下来唱歌
吉水就是一个跳动的音符流淌在一首辉煌的交响曲中
就像一颗幸福的泪珠闪烁着容光焕发的脸庞
我看见激情在灿烂的阳光下飞扬
大美吉水，江西大地最初的房屋和流水
吉水人的骄傲：吉水县在吉泰走廊高质量一体化发展中做示范
请看吉水紧扣高质量发展这个时代主题
在构建现代化经济体系上勇争先、走前列
推动城乡融合发展；持续践行“两山”理念，推动生态文明建设
已然成为描绘美丽乡村田园诗画的神笔
人见人爱的大美城市，打造人人向往的大美乡村
曾经的宏伟蓝图变成了梦想中的美丽家园

请看吉水的组织振兴　加强村党组织领导地位
吉水大地写下了筑梦路上历史性的诗篇
吹开了绿色大地新的希冀

作者简介：谢小灵，中国作家协会会员，一级作家。广东省作协诗歌创作委员会委员，广东省文学创作专业资格评委库委员，广东省文学院签约作家，珠海市金湾区作协主席,《金土地》杂志主编，鲁迅文学院第三十二届高研班学员。曾任国务院扶贫领导小组机关刊《中国贫困地区》杂志记者编辑，现为广东科学技术职业学院教师。作品发表于《人民文学》《青年文学》《中国作家》《星星》《广州文艺》《大家》《诗选刊》《西部》《草原》《作品》《特区文学》等杂志。诗和散文入选大学教材以及中国年度排行榜、年度最佳诗歌、年度散文排行榜等六十多种选本，出版诗集《芒果心》《河流在大海中重逢》，散文集《长相思》及传记文学《珠海的容闳》等八种，获得首届广东省诗歌奖（桂城杯）、首届“丰子恺杯”全球华人散文奖、《诗潮》2016年年度优秀奖、珠海苏曼殊文学奖 。

山河万里，独宠一枝花香和鸟鸣（组诗节选）

一

读罢风雨，把江湖揣在怀中
一退再退，直退到一个小村中去：家事国事，无非是
一卷笔墨祭在山水间

听懂兴衰，把山河万里，都扛在肩上
退了还退，直退到一首绝句的墨迹里：一村一屋亦可
一灯，一笔，一卷书简亦可

待枕边哄睡一卷叹息，就把一个写诗做官的梦
放养在几万亩田园中去了
吉水或临安，中间只隔着我的一根脊骨
天子太高
我只想以一介草民的姿势过完余生

烽火紧
战鼓生
山河万里，我独宠一枝花香和鸟鸣
万里河山，我愿意将我这一身骨肉拆解成
鸟鸣与花香那么痛入骨髓的药引
来医治一座江山的疼

二

江山太重了
恐怕我八十载的肉身，已扛不动
江山太大了
恐怕我用尽一万盏笔墨，也写不尽对它的爱恋

用一枝三月，垂钓千里古道上的音讯
醉卧处
又有几句好诗被反复诵读
说一轮月亮，修剪人间大美
说一只蜻蜓，轻轻立在小荷的尖尖角上——

恰似点中了一座江山的穴道
哎呀一声
就把一个睡在山水之间的人
惊醒了

诚斋野客若相问
一壶山水暖故人

我放在江水上的一叶扁舟，你爱不爱
我点亮庐陵的灯火，你爱不爱
牵着一幅山水
我就是他疼爱的行者
和归客

三

山，被一个诗人掏空了
水，被一个诗人读透了
隐隐泉声
说的是一个人的家事国事天下事

可怎样才能把他笔墨中的忧愤
说尽了呢

跳动的山水间，跳动一颗心。从一个朝廷的风尘里
拯救一个个汉字的铮铮铁骨
它们，是一把把钥匙
把诗人和酒香锁在其中

“就让一颗绝世容颜的月亮
替我守夜吧”

能够读懂山河的这把大锁
只能锁在山河上

能够收留一把傲骨的地方
才是我最后的故乡

四

是后人们，把杨万里从一字一句的碑文中解救出来
他早已被一叶荷上的露珠灌醉了：刻刀与凿子
依旧记得一只蜻蜓的千秋基业

轻轻拍一拍翅膀
一块石头那么大的心
就碎了

我们都是和你一样的打钟人
最后被一盏老钟收留
并相爱

一只蝶儿
早已知晓一曲歌谣的少年心。它要把一径春天
指引到他的册页中去

五

廷秀兄，已然是一把刀子，祭奠岭上雪，以及
一朵朵山脊的咏叹。
谁能安抚古道的悲悯？
上马石上，拴着一颗慈悲为怀的心

但愿马銮铃紧
用嘶鸣打开一片旷野：小卒已在归途上相拥而泣
马鞍上，刀锋的刃口波澜不惊
只等这一日，
老马识途，走入每一个英雄的暮年

一条河流没有名字。
一片山石没有名字。
一匹老马没有名字。
它们，被深深地刻进一曲东风中
成为经幡或者图腾
它敬畏的样子如身怀咒语

大地上，
马群挨着马群，马群弄乱马群
马群拯救马群。
每一朵蹄印中必定藏着一个部落的身世
将流水、西风、瘦月和刀斧
都交付给古道口

叫一声亲人
我们将无法道别。
别等我几世的鬓白了血干了骨朽了
别等我买下一座南山。不如
在何处归隐就在何处汹涌。你
原本就是一根弓弦的宿命

弹一声
空
也是一种信仰

六

万里山河万里情

不及万里共潮生

潮水
就在他的笔下奔涌而出

是壮士
也是小吏
是英雄
也是小贼

偷了万里山河中最美的长卷
等你用心血来读

七

他放下笔说。
我有三盏美酒：一杯明月，一杯秋风，一杯与你

他举起杯盏。
吾等已在笔墨中相遇过了，莫不如像两粒汉字那般
抱头痛哭一场

——把自己流放千年，为一盅水声，也为一盅月色
让一块碑记下一个人的短歌长吟
一步，
就圈住了一片大好河山

——我把自己逼入穷途，这么好的河山
我愿意用穷途上的这副风骨来换

与一粒汉字孤独终老
左首天涯客
右首诚斋风
足够了

“我等你的好消息
如同你，在千年之后等我”

桑榆非晚。我们亲手养大的吉水和诗画
都是山水间浩大的思念

作者简介：燕南飞，本名迟颜庆，1978年出生。中国作家协会会员。作品散见《诗刊》《星星诗刊》《草原》《诗歌月刊》《草堂》《散文诗》《散文百家》《诗潮》《绿风》《延河》《上海诗人》《星火》《中国诗人》等海内外报刊。曾获科尔沁文化政府奖、阿来诗歌奖、中国诗河 • 淇水诗歌奖、天津诗歌奖等多种奖项。入选数十种诗歌选本。参加首届星星诗刊·散文诗全国青年诗人笔会。鲁迅文学院第三十五期少数民族作家班学员。出版有诗集《科尔沁笔记》《边塞四重唱》(与人合著)。长诗《科尔沁的孩子》已由《内蒙古日报》连载刊发。

万里接天的莲（外二首）

杨万里[①]诗曰，年年不带看花眼
不是愁中即病中

哦，不必赏花
他早已是万里接天的莲

我看每片莲
都是他的诗、词、他的剑
在微风，还是在狂风里
你都可以看见轻灵之舞

每一粒莲子，种在吉水
穿越几千光年的长河
还是无穷的碧绿
几只红蜻蜓立于上头

把酒问东风

欧阳修[②]游遍洛城
垂杨、青芜、紫陌…
把酒祝东风
年年花相似，明年花更红

今日小雪，煮一壶老冬酒
同偶有的东风，阳光一起煮
想起了，亘古的夕阳、那些花

① 参见杨万里诗《晓出净慈寺送林子方》《伤春》《小池》。
② 参见欧阳修词《蝶恋花》《浪淘沙》。

都是要沉落的
而杨万里的莲花，欧阳修的垂杨
是不曾凋落的

青原山

苏东坡诗云
巍巍城郭阔，庐陵半苏州

文天祥[1]爱山河，不如苏轼潇洒
山河破碎，他爱得惶恐、零丁

白鹭洲书院，千年白鹭尚在
青原山，松风、竹吟
雨潇、禅音依然
风絮飞过，琴声从未停息

作者简介：杨国兰，江西省抚州市人。北京大学本科、法国MBA，深圳市某高校杂志执行主编。诗歌作品发表于《意林》《诗词月刊》《深圳诗歌》《江西诗歌年选》《诗江西》，入选《2020年中国新诗排行榜》《每日一诗（2021年卷）》等选本，荣获2019年度国际诗酒文化征文、张家界国际旅游诗歌节大赛优秀奖，2019、2020年度十佳华语诗人入围诗人，第七届“林恩杯”茶言茶语诗歌大赛等奖项。

① 参见文天祥《过零丁洋》《游青原二首》。

杨万里世家

——致先贤杨万里

从庐陵文化的脉络里悠悠步出
从吉水醇厚的民风里冉冉升起
从江西的大地跨入历史的星河

飞上小荷的蜻蜓是热爱太阳的天使
连接蓝天的莲叶有无穷的伟志
让我们握住今天的荣繁眺望
你是一个朝代中兴的巨匠
你是在沉寂诗坛又崛起的四大天王之一

我们在小池，在风中，在原野
在桥上，在月光下，在大江两岸
在集结的荣耀里，靠近你的心扉

你堪比诗圣杜甫的大爱担荷
以不朽的精神托举起诗歌的丰碑
我们听见，那么多的咏叹
那么多的忧思
从你壮怀激烈的心间飞出

为了一个偏安的苦难民族
无数次不辞艰辛地辗转跋涉
无数次徜徉恣肆的真知灼见
都指向你强健的灵魂

破碎的山河必须倾听
你郁愤深沉的吟唱
离散的中原必须倾听

你稳重磅礴的呼唤

你在江淮间奔走
你在百姓中体恤
你在春天与秋天之间
触摸自然馈赠的艺术萤火
千锤百炼出的诚斋体
在一个褪色的时代遥接起唐诗的巍巍峰峦

赣水的清风，西江的明月
南宋皇帝的诏书
你体内始终有刚直不阿的孤舟
高风颂万里，浩气荡乡梓
吉水的梦呵，也是你千年蕴藉的梦
吉水的情呵，也是你千年赤子的情
我们今天在民族复兴的大路上
推着你伟大的精神巨轮继续砥砺前行

水稻本纪（组诗）

——和先贤杨万里《插秧歌》一首

一

水稻逃跑了，也许沿着长江的方向
我在沟渠交错的田埂间行走
铿亮的皮鞋有点不太合适
来时我忘记了换一双好点的鞋子
它适合与秋天的田野亲切

黝黑的农民们也早已上岸
只剩下不到三分之一的稻田
有一些青色的鹅在夹草
那个育苗的伟大老人也离去了

我写过三段散文怀念他
他让几十亿人疏离饥饿的眼神

小时候捧着香喷喷的米饭
就决心长大要为水稻写一篇《本纪》
糍粑、糕点、饭团、年货、陈酿、喜酒
她们哺育了一个强盛民族

而今，水稻却要以几乎逃跑的样子离开了
为不想惊扰我们进入现代的城镇
为不沾惹我们亲近一些虚空的浮躁
超市的大米也许来自泰国或缅甸
几代人的镰刀在金黄稻浪的回忆里放下了
打谷机不再发出激情的挥汗如雨

逃跑的声音会一直延伸
一直延伸到我们日渐遗忘的
有点疼痛的醇厚里

二

水稻逃跑了，也许沿着胃的方向
怀揣那些温饱的记忆
祖先在宇宙的深处
拨弄那些陶瓷瓦罐
刀耕火种
比泥土更沧桑的魂灵

从非洲大峡谷一路向东地跋涉
文明，被流浪过的足迹反复翻译
才可以从那些森林的咒语中辨别
把种子撒在长江两岸
最初的水稻像旗帜
炊烟，开始美轮美奂地袅娜

穿着树叶的人啊
我们要深情地歌赋
那是远古的可亲可敬的人
反思最深的来源
他们以生死的虚浮
开辟着一个星球的未来

三

水稻逃跑了，也许沿着飞翔的方向
孤独的鸟是天空的问号
星座，像等待拓荒的狼匹
南方雨水充沛
王朝主导历史
北伐的明月常常临照关山
但这不影响
稻子会在空中堆出金色的云朵

在民族的希冀里
田野握住大地的忧伤缓缓沉落
跳舞的石头，打架的泥巴
炊烟在果实与女人的子宫前升起
神秘的天使投来匆匆一瞥的目光
文明的歌唱声就与河床一起随风荡去

水稻在逃跑
她们哺育了一个坚强的民族
一支古歌在梦中长着伟大的翅膀

四

当直升机盘旋着飞过我头顶
我知道它很快将掠过那片还未收割的水稻
它将把我仰视的目光投注给田野

当我看见一只甲壳虫在田埂忙碌
我很想坐下来和它聊聊天
询问当年它和它祖上搬运粮食的历史
当一个女诗人想约我去 KTV 唱唱歌
我说想领着她走入
那片叠响着昆虫曲与弥漫稻香的旷野

周杰伦的吉他还在辽阔的风景里弹奏
送粮上缴的队伍在天未亮就已出发
生了八个女孩还不甘心的兰英伯母正发愁去哪家借米
古老的水井已在清晨睁开那弯清澈的睡眼
柴火土灶的锅子里必须煮出稻米的芳香

这是一个永远值得铭记的人类命题
请把世界留给水稻
把水稻留给未来
尽管今天我们十点钟才起来吃一碗不再香的米粉
尽管我们有时会浪费掉大半碗白米饭
尽管我们今天也会无限怀念杨万里与袁隆平

新　歌

——写给先贤杨万里

在河流这边，在秋天这边
在燥热的小楼里，在春天的走廊上
风的脚步声，葡萄的甘甜
在古代就已转动的轮轴
梦中的我被一辆马车追逐
蓝色的影子与虚拟的活字印刷术
上溯至八百年的宋朝吧
一心要贩运思想的人
谁能懂，你永远不屑去逢迎

那些错误的陈见，离散的历史
在寂静的峡谷里
在赣水河畔的细雨里
在吉水醇厚的民风里
有人沿着好久不走的小路
伴着月光与小花
在抒情

作者简介：月剑，本名曹彦林，湖南永兴人。80后先锋派诗人、作家，大诗主义的践行者。擅长运用魔幻主义与现实相融合的笔法进行创作。作品发表于《延河》《辽河》《鸭绿江》《时代作家》《散文百家》等刊物，并有作品入选《中国诗歌年选》《中国青年诗歌年鉴》《汉诗三百首》《中国诗人生日大典》等权威选本。

杨万里，我在安仁岸等你（外二首）

你乘舟而来
我在安仁岸等你

这一等就是八百三十多年
那两个小童已长成余江重镇
那把伞也正使风涨帆“鹰潭·微诗城”

你溯流而来
我在安仁岸等你

这一等我已跨进新时代
而你还在吉水两岸千山里撑篙
不过相同的是我们都没有袖手
都在为赣鄱发展建功助澜

吉水湴塘

走过南溪桥
几百年来浓郁的荷香
仍在荷田间荡漾
那些青莲的句子长长短短
叙说着万里长儒父子清官的传奇

三世无增饰的诚斋
燕子们还在飞来飞往
替一方百姓
向人世间传颂
这万里飞扬的清风

站在湴塘的罗汉松下
思想“一门三进士、隔河两宰相”的盛景
还有“朝士半江西、翰林多吉水”的壮观
我恰像一只蜻蜓
久久不想离去

你的诗里藏着我的童年

走过万里越过千年
现在的我依然还是少年
掏鸟窝，追黄蝶
两手空空，明天还要从头越

采过春花溜进夏天
淘气的我也常有空闲
柳荫下，桑树蔸
几声呼呼，黄昏水牛自归远

说笑过秋挨进了冬
热血的少年不怕寒风
草穿冰，敲成锣
一声咣当，满地朝霞乐呵呵

作者简介：火火，本名张火炎，1963年出生，江西万年县人。中国诗歌学会会员，江西省作家协会会员。鹰潭市首届文化名人，主编《信江微诗韵》。作品在国内外有关报刊、网络平台发表并获得多项奖励。

庐陵物语（组诗）

恩江来此必有深意

请接受一个异乡人的致意吧
当我的身影
出现在流水中，我的长发
我的双腿，我的腰身
瞬间化为细碎的水花
仿佛一个泥人
正在蓝天下渡江……
而身后，夕阳又将我的身影拖回到岸上
留在水面上的一半青一半红
仿佛我的双脚
磨出了淤青
渗出了血迹……

幽居小记

那一年
脱下朝服的诗人杨万里
穿上了瀑布做的衣衫
腰部的铁瞬间软了
为了眼前的一片绿水
他弯腰插下了心头的秧苗
天空，在水里
云朵，也在水里
好啊，知己都陪着自己
回到吉水了
还有什么不能融化的万古愁
山地、丘陵、平原
是三张好床，睡上一觉

赣江在梦里
一直流，汲一壶清水泡茶吧
捡来一捧松枝
用火镰慢慢取火
天，突然亮了
宋代的某个清晨
记录下一个归乡者的姿态
——两窗，两横卷
——一读，一沾襟

诚 斋 记

这书斋够大了
放得下两万多首好诗
尤其放得下
一颗心，放眼望去
一个朝代已经分为北宋南宋
但万古心
却不可分，仔细去听
跳着跳着
就跳成了接天莲叶
跳着跳着就成了映日荷花
恭喜杨兄
你用八十年时光
为自己修了一间正心宝殿
八百多年，像一支蜡烛
流泪
亦流光……

在吉水遇到一片竹林

风吹叶动
仿佛归乡四年的杨万里
正在举杯邀我……谢了
谢了……

梦里的时间，永远不迟不早
你我都是一只人形的钟表
偶尔被命运上了闹钟
醉后……吐了真言
真言即箴言啊
我赶紧摘下几片竹叶
想把它们记下来
却一个字也想不起来了
只能借几颗露珠
放在上面，闪闪的
就像是一个动了真情的诗人
为尘世留下了清冽如酒的绝句

作者简介：张琳，女，1989 年生人。山西文学院签约作家，参加《诗刊》社第第三十七届青春诗会，出版诗集《纸蝴蝶》《人间这么美》《万物宁静》。

绿水青山　心有福音（组诗）

——致敬杨万里诗歌情怀

中国饭碗

看到中国饭碗穿越几千年在今天最香
看到中国饭碗在今天很开心圆满
饭碗安静
饭碗笑得灿烂
饭碗正楷
筷子一笔一画耕耘

村子里活到八九十岁的白发
端起饭碗就感恩——
一直想活下去

崇高的话语成了珍贵的粮食
手里端着饭碗，爱就油然而生
恩典赐福
灵魂吃饭也活成永恒

中国粮食

一粒粒汗水多么愉快
换来一根根麦子一样的青青日子

成熟了一粒粒喜悦
快镰刀
带着饱满的麦子回家

整个村就像度假村

整个村就像度假村，

外出的时候外出，回来的时候回来。
一群楼房就像新衣服穿在阳光身上，
万物葳蕤，就像乐谱一样演奏时间。
村庄静静停泊在大地的波涛之上，
没有惊慌，没有不安静。
村庄等到自己的人回来，
就像水果抱紧自己的果核。

城市水泥钢筋玻璃的情感很物质，
城市开车来村庄，
把心放在村子里洗一洗，
心就像在药里面泡一泡，
感到了诗意与医治。

屋前屋后的祖国

天堂在人间，屋前屋后都是我的国
王国从天降下
在地如同在天，今生就在天堂美好
十月的庄稼喜人，马上就要收割
只需要一把快镰刀
能够成为快镰刀回收的汗珠子多么喜悦
就要回到饱满的仓库
日子就像一粒粒回家的稻谷

没有恐惧，只有平安
屋前屋后的祖国那么安详
狗儿半闭着眼打瞌睡
公鸡漫不经心看见地上的谷粒也不急着吃
粮食足够，每一句粮食都可以把人养好
野草也像一种花，在那里生机勃勃

一本活水的书卷翻开句子的波浪
在给一个人洗心
这本勤奋的说明书给人的心里安装了永恒的国

爱一个伟大的国度

爱一个伟大的国度，就像流畅的呼吸爱上好空气
爱一个伟大的国度，就像渴了的种子爱浇灌的水
爱一个伟大的国度，就像一个怀里的孩子爱乳汁
爱一个伟大的国度，就像根爱着自己周围的泥土
爱一个伟大的国度，就像皮肤爱着皮肤里的身体
一个伟大的国度爱自己最小最弱的孩子，就像好空气爱上这一个孩子的呼吸
一个伟大的国度爱自己一位年迈的白发，就像拐杖贴心慢下来的老人的脚印
一个伟大的国度爱自己最需要帮助的人，就像最好的鲜花嫁给了自己的果实
一个伟大的国度爱需要关怀呵护的子民，就像母鸡翅膀下面躲雨的一群小鸡

爱 国 诗 篇

密密麻麻那么多细小的水稻鲜花
追求自己一粒粒细小的收获
阳光把自己的骨头打造为一粒粒稻谷的盔甲
紧紧抱住一粒米
这是一个伟大的国度爱芸芸众生的形象绘画
阳光无私照顾了水稻的一生
每一粒稻谷才会开开心心饱满地回到仓库
经过快镰刀的收割唱响回家赞美的诗篇

普通日子的理想幸福

饭桌上摆满了汗水的果实
脸上笑得很自然
没有被惊吓的筷子
没有恐惧的杯子
说错了一句话也不紧张
梦就像刚刚下载的衣服搭在椅子背上很放松
真理在耳朵里挖掘道的深度
心跳就像一粒粒光带来一个光的国度

一粒种子的爱国主义

小小的一粒种子就像一粒沙子

给予了泥土才有机会开始生存
当进入泥土的时候
阳光就从天上来到
要把黑暗中的种子带到光里面生活
阳光扒开自己的胸膛面贴面贴近泥土
把自己的热量温暖泥土中的种子，把泥土暖和
唯有光的国度帮助种子死而复活发芽
发芽出来的种子多么热爱光的国度
在光博大的纸张上
无论怎么画下自己的动词，阳光都不会责怪
阳光画好植物的影子，耐心的绘画课
以便引导植物画好自己的身体画好自己的生活
鲜花是为了果实而不是为了凋谢
当种子在果实仓库里找到了自己
种子的旅行就为了进入一个光的收获
种子对光的国度光的法则如此感恩与敬畏

一篮子土鸡蛋感恩

带来了好消息
带来了爱
春风吹进这些家门
把冬天吹跑

脚印如光的胎记流了多少汗水
孩子说：你一滴滴汗水的种子
让我们家发芽、长成苗
从树上摘下一颗颗鸡蛋
摘下硕果累累，一篮子土鸡蛋激动
我们一颗颗喜悦的心朴素回答救恩

春 天 的 旗

旗杆如根
钉子一样把风钉稳

春风沸腾了旗的笑声

打开一页窗口，旗
风的来信
忍不住一读再读

芽如镰刀，用春天的心情等待收割秋天
不结果实的树根都被斧头校对
旗用一片翅膀飞出了春风自由的胎记
旗哗啦啦为劳动的锤子、犁一群词语叫好
绿色流淌田野
炊烟的旗杆如同树苗积极向上欢呼声到了天上

作者简介：张绍民，在《读者》《青年文摘》《诗选刊》《杂文选刊》等刊物发表作品，在《星星诗刊》《绿风》诗刊、《诗潮》《散文诗》等发过头条。1997 年参加《诗刊》青春诗会。作品选入近百个选本，获得过《人民文学》《诗刊》《儿童文学》、冰心儿童文学奖佳作奖等文学奖，出版长篇小说《村庄疾病史》《刀王的盛宴》等。著有十多部长篇小说、长篇童话与多首一百万字以上的诗歌。

庐陵山水，草木之心（组诗）

夜宿湴塘村，听雨

——兼致杨万里

稀疏的雨
一场肃穆的音乐会
天空在想象中升高，众星隐匿

独坐在一盏吊灯的阴影里
楼房次第，留下风雨演奏的痕迹
风，拉着江河之弦

听觉中有刀剑锋利的冰凉
远处森林里，时光落叶般纷飞
您的白发，带来雪花和面包的消息

在南溪桥上

没有遇见杨万里
在他墓前鞠躬、磕头、作揖
还是不能相信他的死；木刻在，剑也在
居所在，门头上的名字还在
他，去了哪里

在南溪桥上，看见白云在蓝天里漂移
我不敢确定，那是诗人骑过的马
一群孩子放学归来，素面朝天的样子
我确信，这是杨家的后代

湴塘村历经苦难，焕然一新
几乎让人不敢相认。故居一直都在

认得这里的人，这里的一草一木
从未离开

秋有些深了。芦苇白头
荷塘枯萎；时光有一种历尽沧桑的久远
泉眼不竭，细流无声
阳光下的水波还是那样轻柔
风在吹，莲的清香在空气中流转

在青原山

只要心存善念
山上山下都是道场
风声，雨声也是钟声

需要塔、楼、亭、阁来点缀
需要青山环绕，涧水长流
需要一个人静下心来

才能听到经文鸦雀无声
山外江河交错
流水奔向海口的宁静

重上井冈山

在井冈山
穿过回忆的烟雾，看见红军
吃野菜宿露地，我就想哭
他们的歌声干净，明亮
不让我流泪

在黄洋界，五指峰，茨坪
看见子弹横飞，无数的先烈倒下
我悲恸放声；那里的松竹挺拔
石头坚硬，不允许我屈服

从新的一天抬起头来
悬浮的列车从远处经过
头上的飞机，一眨眼就过了茶陵
炎陵，停在了螺溪

八角楼还在，大小五井全变了
小别墅式的村庄，住着小康的家人
柏油路通向村口，通向更好的梦

站在山上看日出
当太阳跳出云层
我与一方山水，在欣喜中重逢

作者简介：周建元，笔名聂泓。湖南省诗歌协会常务理事、省作协会员。2011 年习诗，在《诗刊》《绿风》《诗探索》等刊物偶有诗作发表，2014 年出版个人诗集《一列穿过县城的火车》。

南宋杨公万里

“泉眼无声惜细流，树阴照水爱晴柔”
小荷与蜻蜓，如此柔软，又如此遥远
风吹向我年少时的一池春水
泛起层层叠叠的涟漪
我几乎已经忘记了，那时候
我们淘气、幼稚，扔沙包，跳皮筋
可爱，又令人头疼，春天时开始读书
读少不更事的书，也读发人深省的书
读朗朗上口的诗词，读穿越时空的忠贞
那曾于少年时期启蒙过我的
教会我坚毅、从善，与草木同心
每一天，都要去爱，去发现，去珍惜
这是最深刻，也是最质朴的
也将给我一生深沉的滋养

湴 塘 古 村

这一生，去过的地方，不少了
走过的大桥小桥，不少了
见过的风景，吹过的风，不少了
淋过秋天的雨，捧着冬天的雪花
攥着爱神献出的金黄色玫瑰
躲进岁月的屋宇珍藏起来，记录
寥寥几笔，而真正的生活似乎
从未开始，也从未被规整地写下

去过的地方，路过的人
见过的风景，几乎都忘记了
人生三十年匆匆过去，徒留唏嘘

只一点，守诚、守拙，正是我在
诗人故居感受到的，令我终身铭记
让我孤身一人，乘着云，坐忘明月
接受自八百多年前传递过来的
源源不断的精神与力量

吉之吉水

十二月蒙霜的清晨，从一场冰凉浅睡中
缓慢地睁开双眼，灰色的沉闷空气压实
仿佛有石头堆积，在心灵狭小的空间
有多久没有出门了？这一方天地接纳
并将继续宽容一个心灵无所归依的人
想起那年，一场生活与感情的溃散后
从南方回北方途中，火车穿过漫长隧道
把我安放在一座美丽小城，车站广场
白色鸽群飞过海一般蓝而透明的天空
好友穿过收敛着羽翅的人群，认出我
经过吉水大桥，太阳照向水面，粼粼波光
风从远方江面徐徐吹来，温柔地舒展
我们被生活折磨得扭结成团的肉身
像此刻，回忆起来，便重回安静、熨帖
吉水以一江春水润泽了一颗苦涩的心

复杂的明亮

在爱你时，我同时爱着夜晚
爱着昆虫、植物与绿色果蔬
爱着菱形建筑，闪着冬日暖黄的光
在爱你时，我和自己有无数次的对话
我打开无数扇门，只为一朵春日花蕾
或者茉莉，我倾心的味道与纯洁色彩
在爱你时，一团模糊阴影笼罩我

像是云雾，但准备着一场大雨
再往前走一段路，驻足
那雨就会落下，爱有时是这样
生活有时也是这样，复杂的明亮
复杂的晦暗，复杂的眼泪
只为提醒，要好好活着，好好爱着

留　白

晚风、童音、混沌、虚无的花朵
填补了我们之间对话的空白，重叠的
想法，令我们惊喜、愉悦，一起
去看秋天的银杏，经过我们的年轻姑娘
就让我记住你美丽的面庞，不要
走进你的心里，那里有季节失败的反面
或者生活不可避免的沮丧，在遐想背后
隐藏着。如果音乐停止，你会看到人们
挥动僵直的手臂，或者呼应夜晚的黑
画出幻想的曲线。而午夜的钟声响起时
我们正经过一座红砖教堂，绿色圆顶
动人的美，时间也会给万物留白
让我们重新学习古老的修辞学
让我们一次又一次爱上这个世界

作者简介： 周园园，女，1989 年出生，毕业于福建师范大学，文学硕士。有组诗发表在《星星》《草堂》《芳草》《山花》《中国诗歌》《福建文学》等刊，出版诗集《回望时光》《银花戒指》。现居天津。

吉水辞章（组诗）

在杨万里的诗上谋篇布局

没有杜康不要紧
自酿两缸甜酒，畅饮
笔墨神助，瀑布写新诗
下笔如摄影，咔嚓
一个健将，一生两万多首
几乎是一天一首
一个人就是半个南宋

从你笔下长出的牡丹
富丽而神奇
可以千朵唤双明
住在诚斋里的清莲
哪肯老去
总有一种红，别样

南宋不远
乘一首小诗就能抵达
清瘦的身影，追黄蝶
一个时代的美，飞入菜花
一声叹息，丰满才情只能捉柳花

浩瀚诗坛，横山　枝
摇曳千年的荷，吉水气质
润物无声，总有一股淡淡的清香
沁人心脾

今天的吉水

从你名字中读出了崛起的密码
县域经济，从诗谋篇布局
青山绿水间
早已展露尖尖角

吉　水

赣江和恩江
以独特的抒情
一气呵成
天下大吉的版图
像一把剪刀
天天为崭新的岁月剪彩

吉水
世上最好的水
会唱歌的水
满腔激情
唱响倾国的才情
一曲《正气歌》
澎湃华夏
气贯汗青

时光落在水上
璀璨吉祥
落成清新的诚斋体
波澜起伏
中国科场
荡漾　永恒的传奇

如果没有吉水
无限才华将缺少润泽
那一串年月
将是多么寂寞乏味，不忍看

多少名字
在一滴滴吉水里
熠熠生辉
亲爱的吉水
借你一瓢
挥毫　快意人生
绚烂　伟大中华

翻读解缙

初听芳名
从一副副对联深入民间
惬意地站在平仄里
左右逢源，天下神童
千古传为佳话
至今街头巷尾
蘸着你的联语趣闻
下酒

解才子，站起来，天下仰视
字里行间流着吉水，一路滔滔
下笔就是
一门三进士的神话
可怜天下父母心
从此都想子将父当马

翰林多吉水，水骄傲地扭起腰肢
诗书纵横，才情勃发
大明再大
曾经不可一日无此君

最是那潇洒书法
一点一画，引时代步伐

春的韵律，行云流水
娴熟的章法，为大明布局

谁的痴情
在一次次贬谪之后
内心依然燃烧着忠诚的火焰
哪怕千次雪埋
忠魂也不会熄灭

溶化满腹经纶的锋芒
一场雪就够了
雪亮的雪，擦亮四十七年的光阴
大才子潦草一生，一枝雪梅
时光里，常开不败

一个书生
一副傲骨，扛起
一部《永乐大典》
一座文化高峰
楷抄的百科，飘香的墨迹
至今是世界第一

作者简介：曾若水，中国作家协会会员，国家一级作家，宜春市作家协会副主席，《宜春文艺》杂志执行主编。已在《人民日报》《诗刊》等发表诗作一千余首。作品被《诗选刊》《教师博览》等数十种刊物选载。已出版诗集《时光的禅意》《一抹微云》等六部。多次获全国比赛奖。

千秋风骨，万里诗宗（组诗）

一

初识是尖尖荷角上
才站的蜻蜓小调
一个人活在现实表面的人
魂魄早就抵达空灵
笔尖蘸满爱，白描日子
勾勒事物传神的轮廓
那时我太小，还参不透草木深处
所隐藏的无奈悲恸
一种美牵引我，走进诗画幻境
他怎样抚平了宿疾暗伤，以透视的视角
为我们临摹了一帧晴空朗天

二

笔柔纸薄是乱世文人的无助
更有善变无骨唇舌
装聋作哑的眼盲、心死、嗅觉失灵
他一身瘦癯，钻进荆棘丛林
四处芜杂的冷气中，缄默凝成固化体
步步挤压，孤独不能释怀
他研磨比墨还黑的忧愁
借月光点亮夜灯，照耀匍匐的积弱之躯
心里住着菩萨，他恨不能舍身献祭

三

悲悯难言
一路行旅，一生复述

他体恤在破碎山河耕作薄田的草民
蓑衣斗笠挡不住落雨，更难抵御心里的湿滑
他十指握拳，拧紧水衣，尽力抖散
让一丝微暖晒干汗水
他把半壁江山的青苗全都背上肩头
祈祷生出万千济世手臂
插秧割稻，照管鸭鹅

四

河水分开又合流
舟楫各自向着自己的岸靠拢
不如燕鸥白鹭，在没有边界的天空自在飞翔
这些幸运动物，不必经受生离之苦
船走，波纹恢复平静
他的心汹涌，像一条丢了桨的独木舟
身不由己地随波起伏，在漩涡四周盘旋
被无声吞没，被飞快甩出
他选择第三种存在，扶正筋韧，站直腰身
保护文人的节操

五

流传下来的诗
由死去的二万首托举而起
剥开字里行间，黑白、浓淡、浮隐
自带儒雅，自然节制
也有植根土地的素朴与纯粹
笔墨的叹息，是整个国家的叹息
一人的悲哀是不再完整的领土集体的悲哀
是巨大到要以噤声，才能表达的愤怒
他不屑做个精致的利己主义者，数度挥袖而去

六

生于屈辱之世

他把诞生日的血一滴滴还给故土
在压抑中破局喘息，喂养性情
他把恬淡山水请进篇章
让四季在字句间行吟
打坐，参禅，觉悟
闲情逸致仅是表象
他把慈悲火种播进诗歌，让诗歌装满魂魄
田是心田，水是血脉
他从未放弃重建家国的期望，并且身体力行

七

他以治国策略为主食
写坚实文字，风花雪月的咏叹
不过喂养诗意的茶点，小悲伤也是
他直面令人肝肠寸断的丧失之痛
以文人的脊梁谏言
以殉道般的大无畏投进浊水
任浪涛打磨，由时间腐蚀
仿佛只有这样才能稀释浓烈的苦
才能刺痛，歌舞升平里的南宋良心

八

他爱着残缺的生活
他在阴影里捕捉闪念即逝的光亮
生生不息的万物秉性，人心温良的成分
不因山河破碎而丢失
不因国之苟活残喘而沦丧
如果还有释放途经，那就是一支柔笔
写出的草木葳蕤，花香雅致
他以笔为针，以诗穿线
缝补内心深处的撕裂伤
以及，不再平整光滑的锯齿形疆界

九

吉水，诗意源泉，风骨的根本
他曾拖着疲累身体
在河里浮游，在岸上奔走呼号
没有一条通往光明的出路
他把退路捆进行囊，最坏的决心成就了文宗风骨
他吟诵过的荷花，馨香，清白
他仰望的一统繁荣，在身后的故土呈现
他思想里的金属，成就了铮铮文脉
山川河流都在运用的一种，超凡气韵

作者简介：赵剑颖，女，陕西长安人。业余写作，出版诗集《向光而生》《花海心田》，诗集《秦岭，陡立的思想》《沉积，塬》待出版。

第三辑

第二届杨万里诗歌奖
全国大赛入围者诗选

植物言辞（组诗节选）

龙 虾 花

清秀灵动的名字
安静得有些神秘
路边、河岸、谷底
微风吹过
悄然喊出时间之蕊

明与暗，相映生辉
整座森林响起热烈的掌声
我舔着露水，与花比邻
鸟鸣落满半坡暮色

溪水撵着浪的足迹
蝉声悠扬婉转
风中摇曳的倩影
一匹红马，停了很久

天堂的花朵
天平山的一曲探戈
一面墙，砌在春夏的额头
彼此荡漾

鲜花渐欲
一条壁虎认出了我
大地静寂，花在溪边奔跑
一路闪耀的光芒
艳而不俗，澄亮泛白
心中深藏的花事，静逸如山

红 豆 杉

十年一寸
时间咬出的豁口
是天平山不断隆起的参照
高海拔的光晕中
隐藏的风雨
已经酿出记忆的美酒

“千楸万梓八百杉
不过红豆一枝丫”
面对一棵红豆杉
是占据，也是敬畏
结实的乳名与秘密
古人挖空心思
用一片棺板，反复诠释

寸长分宽的镰刀叶片
泪般猩红的诱人果实
构成凝固美学的血脉与经络
这方山水的背面
黄昏是一匹荡漾的轻纱
细微情节，一滴雾雨
足够打发一棵树的坚韧时光

阳光交替，一副镣铐
一本童话书的雕刻版画
一双眼睛
复制真实的相似
探索我内心的重量

徜徉天平山秋天云端
大海般，波澜无穷无尽

我躲在文字的后面
准备用半个世纪
来阅读你的影子

油菜花，一个身披光环的词

更多的时间
我只是观看，金黄
一个身披光环的词
幽静而又神秘
让我想入非非

一道道绸缎
从山冈慢慢滑下
直到马鬃岭深处
一只鸟，在风中搜寻着
整道山梁燃烧的光芒

春天，如此躁动不安
落日如血，疯长的
金色绸面，一泻千里
大地露出惊慌
霞光捋着花香
辽阔与空旷，已无处藏身

白　术

我仔细辨认
一株踽踽前行的白术
新鲜的，紫红色花蕊
退回到生涩的角落
依然保持缄默

一种植物学会化妆
应该从叶片开始

茎干带刺的边缘
有足够的时间向阳光表达
气味、表情和形状
一一展开

清晨
雾气蒸腾的天平山
隐身草丛的白术
一颗带刺的果实
幽灵般出现在眼前
青春的模样，一滴露珠
在细细打量

深埋在我心中的
那株白术
总是在岳父的手掌中
开花结果，繁衍子嗣
经验或技巧
仁慈深处，始终没有
挣脱一棵草的牢笼

作者简介：陈颉，土家族。中国作家协会会员，湖南省诗歌学会理事，出版诗集《最是澧水》《两年间》《时光的瓷瓶》《澧水，澧水》等多部。曾获全国首届“刘半农诗歌奖”、全国首届汨罗江文学奖等。

青原：山水相融的线装修辞与现代抒情（组诗）

一

雨落河东，三千年的滋润
辽阔九百一十四平方公里葱茏
一条赣江从内心取出篆体，依次负重倾泻
让属水命的青原，提着水灵灵的身子潇洒地走

大乌山是一笔狂草，一个劲伸向最高的苍穹
与荒蛮置换绿色的想象，起伏水墨丹青的长卷
河谷平原入隶，令赣水和众多山丘大吃一惊
圈出山水相融的族谱
地有五谷蛙鸣，江生星光渔火
烟霞朦胧，时光嬗变
一派赣言活色生香，反复念叨青原承载的所有美好
线装的修辞，终以楷书的隽永成册

二

晴耕雨读的青原也会战栗
文天祥的一声呐喊，激越了千年沧桑
厚重青原一波三折的册页
在文天祥陵园，任何人都会想起风雨飘摇的南宋
如果回溯就是进步
那么不妨让感慨多一点，再慢慢变回唏嘘

必须仰望，必须唱起《正气歌》
高大的牌坊才更加巍峨
让林道蜿蜒，将你的吟哦留在丹心园
当你站在正气广场，那么你就是一竿修竹
跌宕的是历史

青翠的是自己

在这里说孤独和疲惫是有罪的
不再说苦痛沧桑的你
此刻面对着文丞相的陵墓
我相信你也会和我一样
怀着一腔热血，一颗仁心
下跪

三

请跟随杨万里的脚步，去青原山
山川第一江西景，在《舆地纪胜》里清幽

万善桥最谙人心，横卧在传说里
等与佛有缘的你，接进圣域
红亭在白云深处，争夺山水的空旷和层次
文天祥亲书的青原山匾额，深嵌乡愁
诠释着一场又一场春风的执着和蔓延
律动难以描摹的神秘，以及迷幻的细节

山由人兴，旖旎依次
待月桥上，我仿佛看见了颜真卿、黄庭坚
李纲、胡铨和周必大
解缙、杨士奇走过，徐霞客、施闰章走过
沉醉的字词，葳蕤原生态的传说和轶事

阳明书院还在
飘飘荡荡了五百年的读书声还在
知行合一的青原山庄、吉安林科所也在
骆驼峰、鹧鸪岭、虎形岭、象鼻山、木鱼堆
青原溪、钓鱼台水库、油箩坪水库
每一个名字，就是一首诗一幅画
抑扬顿挫的韵律，淋漓尽致的泼墨

瞬间夺去游者在俗世的最后呼吸

迎风桥外，净居寺在绿色中打坐
在这里，每一个人都可以效学参天古木
也可以模仿鸟蝶珍兽
当然还可以和凹凸有致的山石为伍，嶙峋春风
一声声暮鼓晨钟，一缕缕袅袅香烟
足够你敛心顿悟
唯有青原法系的辽阔慈悲，才能令你放下青原山以外的尘世
此处天堂，怎一句安逸了得

青原山活在大雅的美学里
一寸寸深刻的是哲学
一片片飞翔的是宗教
如是，在这里的每一个人都是郁郁葱葱的音符
每一个凝视，每一下呼吸，每一次沉思
都逼近森林公园依山傍水的真相
当然，你可以将所有的美好
炫爆你的微信，直截了当告诉全世界
在青原山森林公园，你也是汉朝张天师命名的
那一抹最纯真的绿

四

当我说出渼陂古村的时候
梁仕阶怀抱湿漉漉的乡愁，已从陕西户县迁徙到此了上千年
于是，有一种怀念叫山环水绕
有一种固守叫乡愁深植
有一种追寻叫现代抒情

一捧默收惊涛骇浪的流水
喂养芗峰东立，象岭西护，瑶山南耸
二十八口水塘如珍珠项链，连环的寓意
让江右古村错落有致，令富水北流的唏嘘

从柳绿桃红上站起来，穿过苍茫，前世
让线装书里的文心美韵，氤氲千年情怀
媚惑心怀诗意和远方的人

陂头街上，“达亿”“伟胜”志成”商号一溜排开
八卦巷中，小桥、流水、人家按律令出入词牌
古牌坊、古祠堂、古书院、古庙宇、古楼阁井然落座
任由卵石光洁的慢时光，打磨赣派乡愁的厚重密码
村头一棵古樟的传奇
写不完万寿宫、永慕堂和翰林第后退的古朴

被誉为“庐陵文化第一村”
有赖于悠久历史和灿烂文化的叠加
有赖于砖雕木刻的心思
有赖于二七陂头会议的光芒
有赖于将军馆的傲然挺立
也有赖于你从容悠闲的脚步
走在天不夜月常明的街上
遇见一个叫作渼陂的姑娘
她的嘴角，闪展前朝道情的余韵
她的怀里，抱有今生诵唱的遗产

渼陂古村，为你我准备了万种不肯离去的理由
一个个渼陂人，他们怀着真善美的心事
把家国梦痛快淋漓地一一装帧
复古不只为怀旧，弥新才能抵达乡愁深刻的部分
他们是诗人，他们是画者
他们是觉醒了的大师，在新时代的抒情里
把美，还给了美

作者简介：金彪，笔名瘦石别园。江苏省作协会员。曾获第六届珠江文学奖、第二届剑门蜀道诗歌奖、首届汨罗江诗歌奖、首届巩义杜甫国际诗歌奖、首届绿风诗歌奖、首届刘半农文学奖等。著有诗集《一壶江山》。

中国梦：村庄（组诗）

镜头一：眺望村庄

先把梦缩小，缩成一个村庄
一条小溪，一摞草垛，一根拐杖
就把梦浇灌在田里，草垛上，小溪边

然后把梦流放，就顺着小溪，往远方流
流到一座城市，一个工业区，一栋厂房
一盏光，一部机器，一个卡钟

还要往前流，流到一条小巷
一间出租房，一张生锈的铁床
一声水龙头吐出枯燥的滴答

当老人的咳嗽、孩子的啼哭
跟着流出来时——
城市停顿下来了，小溪停顿下来了
村庄也跟着停顿下来了

镜头二：素描村庄

老人扛着锄从地里回来
砖墙上驻足着几声麻雀的叫喊
他想起儿子小时候的顽皮
可孙儿显得安静，一放学
就窝在屋里

咳嗽越发严重了
一把老骨头瘫坐在椅子上
他眯着眼，隐隐担心

怕一觉
就这样睡过去了

镜头三：绘画村庄

一幢幢高楼像一块块稻田
一辆辆汽车像一头头耕牛

孩子把城市画成了乡村
一个大大的电话格外显眼
里头装着爸爸、妈妈
他和爷爷在外头远远地望着

之后，他又把村头的小溪，画进画里
一条小船，在源头缓缓前行

镜头四：童话村庄

孩子也喜欢看那羊和狼的故事
他跟爷爷说，不喜欢羊
他想做那头狼，因为他有城堡
他们一家三口一直住在一起

羊村，其实很孤独。

镜头五：梦幻村庄

把这大半辈子的时光
装进烟袋，从乡村开始
向城市蔓延，包围

没有停顿，每吸一口
就吸近一段距离，吸短一段路程
老人为这场游戏而洋溢着快乐
他看到了远方的亲人

在迎他们走来

他忽然又孩子般哭出声来
村庄模糊了
陷入无限的空旷和寂静

作者简介：尹宏灯，1981年4月生于江西宜丰，曾漂东莞十余年。江西省作协会员，中诗网第四届签约作家。1997年开始诗歌创作，2010年获江西省首届南风诗歌奖，入围2016年华文青年诗人奖，获中诗网2017年度优秀诗人奖。已在《诗刊》《星星》《绿风》《阳光》《诗选刊》《中国诗歌》等百余种刊物发表作品，著有诗集《奔跑》《而立书》。

吉水之吉（外三首）

吉安、吉州、吉水
这大写的“吉”，是水做的文章
是赣江与恩江共同涂写

这里文风鼎盛、人才辈出
欧阳修、杨万里、周必大、文天祥
杨士奇、解缙、罗洪先、徐元诰等等
“三千进士冠华夏”

江右望郡，庐陵文化的发源地
革命摇篮井冈山，就位于吉安境内

这里水源充足，矿藏丰富
有“开坛千家香，举杯万人醉”的老冬酒
有宋理宗御赐的白鹭洲书院
有举世闻名的吉州窑
以及古村落和旅游胜地武功山

溯古况今，吉州福地
在山水中净化，在山水中陶冶
历史上永远留有浓墨重彩的一笔
吉祥、平安

吉　州　窑

珍品、举世闻名
这样的词汇，与吉州窑有关
黑釉瓷器，这异彩的山花
经历了两宋和元代三个不同时期

余火尚温

它始于晚唐、鼎盛于南宋
至今古瓷片、窑具还俯拾皆是
一条条用窑砖铺成各种图案的长街古巷
纵横交错，依旧保留了古瓷城的风貌

酷爱那木叶天目盏。漆黑的釉色
映照清晰生动的丝丝茎脉
米黄色的叶子，舞动生命的灵性

江南的泥土，凝聚赣水的精魂，
风花雪月的汉民族架构
有多少传世的故事和诗文篇章
在沉静的黑釉色里
点亮千年古窑的绝代风华

杨万里，请原谅我

我知道您的大名
却不清楚您在哪个朝代

我能背出“小荷才露尖尖角”
却不知道是您的大作

当我在滕王阁的人杰地灵看到您
才知晓您是江西吉水之人

哦，请原谅我
我一直以为您是现代人

残荷临风

你让我进入这样的景致
水草丛生。荷叶依然显眼
它们露出清晰的脉络
吐露不可闻的声音。或许呐喊

接收风声雨声。落叶凌乱
你告诉我秋天里的隐忍与生死
水下看得见或看不见的事物
透过缝隙的呼吸

擎起的两张残叶骨架依然临风
是要守到蜡炬成灰吗
水湄边，我挺了挺腰板
万物陷入沉寂

作者简介：梦儿，本名岳梅。江西省作协会员、南昌市诗词学会会员、华夏精短文学学会会员、江西省朗诵与语言艺术协会会员。作品散见于《诗潮》《诗歌月刊》《作家天地》《中国诗人》《当代诗人》《齐鲁文学》《新诗高地》《神州文学》《作家报》等报纸杂志。出版诗集《慢时光》。

八百多年前的明信片（组诗）

从江西吉水县黄桥镇湴塘村
寄出的这一张张一首首
中国式构图中国式审美的明信片
用方块字勾勒线条
用画意诗情描绘画面

在没有手机拍摄景物的八百多年前
是谁能独具发现美的慧眼诗眼
于寻常百姓的寻常生活中
去走近天地间，去融入大自然

诗人杨万里绘制的精美明信片
穿过八百多个春播秋收
驰过八百多个炎夏冬寒
经岁月不间断的一连串驿站
寄给了我们，在二十一世纪的今天

莲叶与荷花

毕竟西湖六月中，风光不与四时同。
接天莲叶无穷碧，映日荷花别样红。
——《晓出净慈寺送林子方》

不一样的西湖
六月炎夏的西湖
有别于春的西湖冬的西湖
自然，也有别于初夏和秋天的西湖

莲叶接天盖地

是无边无际的大写意
荷花映日是怎样的一个红呀
红得别致红得美艳欲滴

小荷与蜻蜓

泉眼无声惜细流，树阴照水爱晴柔。
小荷才露尖尖角，早有蜻蜓立上头。

——《小池》

小小的池塘
怡人的风光
泉眼无声地流淌
细流喜爱在树阴下乘凉

一只蜻蜓轻盈飞来
站立在小荷的尖角之上
风拂荷尖，皱了一池水面
蜻蜓照水，活了一池水塘

儿童与黄蝶

篱落疏疏一径深，树头新绿未成阴。
儿童急走追黄蝶，飞入菜花无处寻。

——《宿新市徐公店》

篱笆稀稀疏疏处
隐约得见一条小路
枝头已吐了新绿
树阴还未遮蔽小路

小孩子在路上奔跑着
追赶着黄色的蝴蝶
追进金色的油菜花海里
只看见小孩子，不见了黄蝴蝶

柳枝与倒影

柳条百尺拂银塘，且莫深青且浅黄。
未必柳条能蘸水，水中柳影引他长。

——《新柳》

柳条软软柳条长长
百尺柳条轻拂银色的池塘
如今早春，柳条不是深青色
而是浅浅的着色正吐着嫩黄

长长的柳条是想去池中蘸水吗
是想蘸满春水书写春天的诗行
水中它的倒影依依牵引着它的手
好像是在说你要长长我也要长长

作者简介：徐建成，四川人。中国作家协会会员、四川省诗歌学会副会长、四川省文艺传播促进会（四川省记者文学艺术研究会）常务会长兼会刊主编、四川工人日报社主任编辑。著有诗歌、散文诗和散文随笔专集《美的流韵》《情潮》《感悟人生》《寻梦人生》《寻常人生》《人间烟火》《晒太阳的人和岁月》《老成都街坊龙门阵》等，获省及以上诗歌、散文、音乐、戏剧等奖项六十余件次，有作品入选数十种出版物。

青山饱满，吉水长流（组诗）

此生最好的蓝

泛舟吉水时
就有人说这庐陵文化之乡
最有代表性的颜色是蓝
天蓝，水蓝
月下“吉”字也蓝莹莹的
仿佛一个传奇

一提起吉水的名胜
满脑子都是名片
无论是钓鱼台，还是
云卷云舒的湴塘村[①]
沁人心脾的那个生命的蓝
那样温良与安静
始终是这片土地的底色

从杨万里到罗洪先
从解缙到徐元诰
乡贤辈出，灿若群星
夜空，总有最大密度的蓝色
从北新码头到大东山俯瞰
诗人一路忍住泪水，那在风中
微微震颤的蓝：此生最好的蓝
吉水，有着最大密度的蓝色乡愁！

---

① 湴塘村，杨万里故里。

青山饱满，吉水长流

这片土地在地图上微不足道
然而，诗人深爱她
人文渊源之地——
青山饱满，吉水长流

夏日无雨的傍晚
我们持续散步到深夜
有时是月亮，有时
甚至有一群萤火虫前来问候
那种郊外田野特有的
寂静和诗意，恍若
你亏欠大自然的恩情

我们双手合十地走
直到看见城里的大片灯火
回首身后已倒伏入睡
在山坳里的树林和厚厚野草
有点舍不得这夜晚
水流潺潺的声音
只剩下一点幸福的鼾声，与幻觉

一切在饱满之中，又在
长流之外……

自然孤独的盛宴

吉水丘陵多姿态柔和的山
仿佛神撒下的面包屑，已无饕餮盛宴
小吃也许更适合我的口味
喝不惯烧刀子，就畅饮啤酒
就像此刻的小雨下得舒服

我们干脆冒雨散步
在山道上，诗友兴致勃勃
他指给我看山顶的松树
说那是个人自然孤独的盛宴所在

我一咬牙，跟着爬了上去
松树林还夹杂着一些苦楝
矮小的灌木也定义了新的天际线
倒伏的草丛证明了山风的强劲
它们还在青壮年期
没有麻雀，蟋蟀孤单地叫
微雨完全停了，看云
从脚下一阵阵卷走诗人的青春
茫然中一阵战栗：我们的盛宴何为？

五 月 浅 蓝

五月天边那锃光瓦亮的浅蓝
起初是雨后的清新
一场大风过后，变得霸道起来
伴着几声麻雀的啁啾
山脚布谷鸟叫一阵紧似一阵
初夏的辽阔为其加冕

大东山倒伏的松林有风的方向
——大自然绝妙的方法论
又用寂静抑制两个人的思想
现在谈论枫林还为时过早
浓绿的叶子悄悄翻动
阳光，和天边的浅蓝

到下山的岔路口，我们
——吉水和外地的两个诗人
与他人分道扬镳。诗友说

后来偶然碰到的步行者几乎
都似曾相识。彼此
点头致意，又随即相忘

在山脚下一处密林
已经看不到什么天空了
但那种锃光瓦亮的浅蓝俨然还在
那是此生能稳住自己的颜色
他突然有了艾青式的感动
因为对这土地爱得深沉而眼含泪水！

赣江漫步

吉水的诗友很热情，陪我
走了不少地方。尤其是江边散步

面对赣江，我们几乎不说什么
沿着河岸，一直往下游走

文风鼎盛、人才辈出之地
刻于每个游客的心里

月亮升起来了，不紧不慢
还有江面上的白云

沧海横流方显英雄本色
岁月流觞的民族精神啊——

今晚多喝了一杯吉水冬酒。其实
好地方都是酒不醉人人自醉

河对岸居然有炊烟
不！诗友笑了：那是晚岚

到处弥漫着中国梦的气味
从水底到天上。我东张西望

希望看到这种气味
可天黑下来，只有难言的安慰

灯火远得像古代的幻影
忆及杨万里和庐陵文化

那倒映在水面下的畅想
让散步变成了一种美德

“只余鸥鹭无拘管，
北去南来自在飞。”[①]

一个旅人又要踏上归途
吉水：教我如何不想她！

突然又在河滩上远远瞧见
一堆残篝，可是没有人影

风都不走了。我们还在漫步
直走到水声越来越大的思念深处……

作者简介：徐捷，曾用笔名聂沛，1964 年出生。中国作家协会会员，湖南省作家协会全委会委员。在《诗刊》《人民文学》等刊发表作品，著有代表作《下午是一条远逝的河》等长诗。出版诗集《无法抵达的宁静》《天空的补丁》等五部。获得中国诗歌网 2018 年度“十佳诗集”等多种诗歌奖。短诗《手握一滴水》2012 年四川省高考作文题材料。

① 语出杨万里《初入淮河四绝句·其三》。

诚斋体（外三首）

是怎样安静的心
才能在喧嚣的六月
感受到接天莲碧的开阔

是怎样的匍匐
才能在才露尖尖角的荷上
发现一只早早赶来的渺小蜻蜓

是怎样的年轻
才能跟随那个追黄蝶的孩童
深入菜花深处

是怎样的勇气
才能亲手烧了半生的心血
在深夜点燃七月的流火

他没有回答
只是不停地走
沿着脚下不知通往何方名为“理想”的路
一边走，一边思索
没有什么能够让他回头
或是留住他

时刻备好行囊
南溪之上，老屋一隅能避风雨
沉浮何惧？一生只求
清得门如水

人间清欢

他一次次跋山涉水、寻幽探险
揭开大自然的面纱
他懂得小鸟的歌声在山野
最为动听
翠竹和流水是天然的默契
他一次次徘徊于大街小巷、田间地头
与百姓交谈农桑、收成和赋税
他懂得童子和牛的趣事
田夫一家如何分工合作插秧
他是焕然一新的
他的诗词是漫长而艰辛的旅程
抠出来的真理
是他另类的眼光
从柴米油盐中烹出的美味
饱含人间清欢

梦回杨万里故里

村口一座牌坊很有气势
无关高大
“刚直”和“清正”是撑住牌坊气势的脊梁
不为权贵而折，不为名利而倾
墓地台阶下的两根毛笔般的石柱
以庐陵的天地山川为纸
以赣江的风霜雨雪为墨
无声抒写他的一生
两万余枚星光，美而温馨
光芒穿越千年繁华与困苦
成为五星红旗鲜妍的底色
莲花形的墓地
栖息着莲花般的顽童

斑驳，却不凋零

八十个春秋流淌
星星点点
汇成故乡的小池
小荷尖尖从泥里探出
载着一只蜻蜓，一个南宋的重量
《千虑策》的每一个字，都是力透纸背
露出昂然的浩气，铮铮的骨梁
金戈铁马
他只想守住田园静好

无声的雕板

也只有这样黝黑的盒子
才无惧诚斋体的光华
也只有曾经滴过血的枫木
才懂得鼎立于天地的艰难
也只有深刻的雕板
才能写实他消瘦的劫
也只有这样生动清晰的笔画
才能刻画文化卫士的庄严
经得住历史变迁，春去秋来
从麻袋堆放到一室展出
终究，它无声的语言
穿透了时空的限制，名利的忙碌
唤住了那些匆匆的脚步

庐 陵 的 风

跟随杨万里笔下的一只蜻蜓
扑扇薄薄的翅膀
飞进庐陵悠悠的风
越过七山半水，越过两分田，越过道路和庄园
去嗅一嗅磨制石器上五千年前

先人的生息
从田夫脚下的泥巴里
寻回新石器时期的稻谷稻秆
重插庐陵的春华
用汗水擦拭青铜器、陶器、玉器上
精妙的纹饰，庞大过往的辉煌
金戈铁马碾过春秋和战国
井冈山上的星火燎过列强和军阀割据的天空
吴也好，楚也罢
都是招展着五星红旗的土地的一部分
匡家娘娘祠、文天祥的丹心、王家的诚敬堂
经岁月淘洗
红色、古色、绿色
有机地融合在了一起
小池临照，我们都是华夏的儿女
心中都有不变的初心
如荷一般，刚直、清正

作者简介：杨凤清，笔名薄雪晴天，女，石林人，现居云南昆明。从小喜欢看书，热爱诗歌，视诗歌为心灵净土，阅读好的诗歌是心灵的洗礼。目前有少量作品发表于刊物。

吉水册页（组诗）

一

把吉水写入杨万里的诗章
亦如把杨万里镌刻进吉水的史页
如此，以一帧浩渺的身影打开历史的跌宕
他站定的位置，赣江中游
他书写的主题，南宋中兴

把千年的光阴柔化成赣江的奔流
从缓缓的晨风中提纯草木萌发的细节
新鲜光曦，铺染蜿蜒的村道
炊烟袅袅，批阅岁月的奏章
我读懂了大地初心的讲述，那一刻深切地感动

从南宋的某一个渡口登岸
我看见风尘仆仆的他，弯了腰脊，白了双鬓

二

在吉水，春天运用象征的手法
静描山河锦绣，住歧钓鱼台、鉴湖公园、石阳古城
穿越时空的，还有一份从容平静
我笃信同江是轻婉的
诗人的初心同样赤诚
以春风的起势，掀动青翠的涟波
用铿锵的笔毫书写主战的词条
时过境迁，雨水再一次净化时代的盛大
化开坚硬的形象，流淌，在吉水，娓娓道来多情的岁月
故事和诗韵同一个源头
串联起幸福的云蒸霞蔚，缮写光芒的深邃无限

两岸沃野，放眼望去
广袤的土地上写满锦绣的诗句
天空蔚蓝，朝阳初升
所有的草木丰盈清丽，所有的村落美好祥和
哦，春风吹开我的衣袂
让我飞翔，沿着鸟雀的轨迹，问及小康的所在

三

在吉水，在初春的起点上
在光辉的中央
在赣江奔流不止的航道上，来往的船只载运诗意
千古悠悠，文峰山静立
在绿旎之中，酝酿辽阔的胸襟
漫漶的青绿中，蜿蜒着千古的长途，一次次带入
一场场风雨，送走与迎回
反复上演着历史的无休轮替。在吉水，诗境最为珍贵
装十万天空，堆万丈高山
赣江运送着许多人的故乡
乡音未改，听得懂黄昏时分母亲悠远的呼唤
在吉水，让我安静地漫行，逡巡每一个村庄
它们都是整洁清澈的
踏上小康征程，打赢脱贫攻坚，美好的时代已经开启
赞词散发明亮的光晕，是指引
天空、田野、琴弦、乡谣，所有的愿景在吉水都变成现实
除了欢欣，还是欢欣

作者简介：祝宝玉，安徽省作家协会会员，中国诗歌学会会员。有作品发表在《诗刊》《星星》《草堂》《扬子江》《青春》《散文诗》等期刊。

杨万里故里：诗意的雕刻与乡愁的荷香（组诗）

在杨万里公园

进入公园，群鸟鸣啭。鸟鸣从树林中传来
印证了每一棵树都会开口说话
鸟鸣是一种尚未完全破译的语言
听出雅韵的人，忙于在肋骨间编织古琴
听出诗意的人，常在赣江和恩江
捧出的“吉”字上，翻阅《诚斋集》

鸟鸣从雕像中传来，汉白玉里隐有盟主
用诗歌，号令南宋的笔墨
当笔墨和鸟鸣混为一谈时，吉水的水
若静止，可汇成一汪汪清泉
若飘动或纷飞，可织成诗意的珠帘

鸟鸣从《诚斋集》里传来，词语镂空的颗粒
可装下田园，与一轮新日
鸟鸣源自一滴露珠、一枚草叶、一句农谚
或是辘轳汲水的清音。鸟鸣和字粒
带着同样的方言，落座《诚斋集》中，交谈
谈诗歌和吉水，谈笔墨与乡愁

与汉白玉雕像一起站立，就是与
杨万里先生合影。
吉水的阳光取出我俩的影子
一长一短，像极了一首诗的句子

在吉水，我倾听

在吉水，我倾听杨万里的笔尖画过

纸张的声音。浓墨洇湿传统诗体的帛卷后
飞出了斑斓的蝶。蝶从田园飞来
从诙谐的俚语中飞来。扇动的翅膀上，烙着
火痕，以及一眼眼蝶变的幽洞
为了呼吸，因此诗歌就有了新的活力

蝴蝶驮着诚斋体，落在时光的高枝
震颤间，清音流转
如美玉和珍珠的互碰之音

在吉水，我倾听杨万里的手指罗列
《周易》爻辞的声响，指纹烙下的阐述
与理论，现出新的卦理
《诚斋易传》，本本有澄澈的思想
卷卷有吉水的月光

在吉水，我倾听时光深处烽火燃烧的
炸裂之音。手握笏板的杨万里，刚正敢言
两袖的清风，为他在庙堂之上
针砭时弊，疾呼爱国忧民的真知灼见
一位诗人，一位骨鲠之臣，将一颗诗心
与爱国之心，融为一体
其心跳从两窗两横卷中，斜出，震古烁今

湴塘村的荷花开了

写下两万多首诗的诚斋先生，不知是否
常常仰望星空。一首诗，一颗星
星光手牵手，也不知是否照亮了南宋的江山
种下千万株荷花的湴塘村人，深知
荷花来自先生的诗句，以及他的两袖清风

星光已穿越时空，荷香喂肥了乡愁
诗句愿做荷花的根，荷花就会依着诗句的样子

亭亭玉立。根，是果实
荷花也是一句句诗，在吉水的慈悲中
摇曳，散发乡愁的荷香

湴塘村的荷花开了，一盏盏红色的佛灯
照亮诚斋先生回家的路
无穷碧，别样红。翡翠玉盘滚动的露珠
是吉水的一笔珍馐。红荷的开合之音
模拟诗歌的呼吸，与吉水肺叶翕动的声响

清风吹动荷花，簇簇火焰在绿色波涛上
翻滚、跳跃。诗人认为，清风又一次点校了
吉水的一部经文
而僧人确信，阵阵荷香在翻阅《诚斋集》
能翻出佛灯的灯芯，乡愁的莲子

访先贤祠

湴塘村，先贤祠旁的两棵古樟树
正枝繁叶茂，曾经的一场火或是它内心的繁星
引发的。古樟树体内滋养的星星
与吉水天空的星星，联姻后
星光翻书的声响，就嵌入了吉水的母语

线装版的杨氏宗谱，带着斑驳的岁月
与时光雕琢的印迹，在陈列室中恪守或细数着
血脉和醇墨浸润的故土，与蔓延的
诗篇和荣光。血脉和醇墨
或许是另外的赣江和恩江，于合行洲渚间
形成乡愁的滥觞，诗意的源头

不要轻易翻阅宗谱，墨迹堆垒的足迹中
藏着诗人临世的啼哭
名讳叠加的纸张里，氤氲田园、迂回闪电

写下杨万里生平的笔
是蘸着吉水的烟火，写就的
将田园和闪电，请进一册宗谱里，吉水的版图
与诗意，就会加宽、加长

阳光透过窗子，一照在杨万里诗词木雕板上
一枚枚汉字就获取呼吸，并复活
我侧耳倾听字粒与字粒的交谈，听吉水
与诗句的耳语。我甚至想借用一块木雕板
蘸上新泥，烙在吉水大地
所烙之处，一定会长出荷花，长出吉水的新篇

作者简介：程东斌， 1970 年出生，安徽六安人。中国诗歌学会会员，安徽省作家协会会员。作品散见于《诗刊》《星星》《绿风》《中国诗歌》《散文诗世界》《扬子江诗刊》《飞天》《上海文学》等杂志，曾获首届“绿风诗歌奖”“湃河文学奖”“宁远古城杯”“乐至田园”“第四届剑门蜀道”诗歌大赛一等奖以及多种全国诗歌大赛奖项。

悠悠吉水情（外二首）

悠悠的赣江水
宛如一条玉带缠绕着千年古邑
向下游流去
两岸肥沃的土地
是庐陵文化的发源地
一垄垄稻田，绿油油地发亮
一个个白水蜜柚，清甜爽口

悠悠的赣江水
养育了两岸勤劳而朴实的人们
古城如一颗璀璨的明珠
镶嵌在赣江水系的玉带上
城南工业园
一园三区的建设，紧张而有序
显示着吉水经济的新活力

庐陵文化更是给千年古邑
添上了一件华丽的衣裳
吉水历来文风鼎盛，人才辈出
自古就是“文章节义之邦
人文渊源之地”
杨万里、文天祥、解缙和
罗洪先……均出自吉水

悠悠的赣江水
给千年古邑注入了新鲜的血液
古城的夜色更是迷人
天上闪烁的繁星
地上缤纷的霓虹灯

再加上倒映在水中的古城新境
如同一幅色彩斑斓的水彩画

忙碌了一天的吉水人
三三两两
抑或于小酒馆小聚，谈古论今
或在小河边散步
沐浴着清爽的微风
这里没有大都市的喧嚣与繁华
却有着古城独特的安详与静谧

永远的杨万里

那匹马奔向他
那匹马就是一阵风
那里只有一条路
通向远方
马蹄豢养风暴，豪情矗立云中

透明的心，一再痛陈国家利病
他力排众议，力主抗金
且与国家兴衰民族存亡相匹配
从头顶上他闻到了危险的味道
于是，奋笔疾书

在进奏的许多书、策、札子里
家国情怀溢于言表
将国家命运系之于人民
摸着自己的心脏
他感觉投降比死亡更可怕

那匹马终于嘶鸣在岁月长河中
从耳朵到马蹄
一根骨头的存在

变成一尊雕塑定格在他的家乡
万人敬仰

吉水灯采

只是想找一个话题
只是想证明一下
你知道的
我很爱你
很想再和你握一次手

在你的世界里
龙灯、狮灯、蚌壳灯
花灯、河灯、采莲灯……
温柔地绽开我的春季
鳌鱼灯是我的挚爱

今天
我真想用赣方言对你说
见不到的时候
时时刻刻都会想着你
见到的时候你我都兴奋

作者简介：程建平，网名青衣人，江西南昌新建区人。江西省作协会员，南昌市作协会员。有作品见诸中国诗歌网、《江西日报》《南昌晚报》《新法制报》《老友》《齐鲁文学》《河南科技报》等报纸杂志。偶尔参加诗歌征文大赛，偶尔获奖。

吉水情思（六首）

一

用身去量
青石板桥把渼陂古村推向天外
一颗浮躁的心
安然在长锈的青砖上
不用西湖六月
便闻仙乐飘飘

用心去量
庐陵文化和燕坊古村越走越近
园中历史钩沉
村中民俗凝露
荡然在梦中的世外桃源

如果没有真情
墨潭桃花岛不会花开正浓
如果没有真爱
吉州窑就是失去的乐园

南腔北调，黄白棕黑
无论醉倒在仙女湖的云里
还是青原山的雾里
在天祥景区
一定要做对着正气的“天子”长揖

二

我循着梦渡到这里
有一幅山水盈心

流淌在“吉”字形的洲渚间
无法复制
这个世上无法取代的原本

多少文人墨客
想构思一篇天地奇文
多少达官贵人
想沾染一点钟灵毓秀

结果，都卷帘而去

把灵魂寄存给文天祥
把情愫寄托给杨万里
追随解缙的脚步
走过彩虹卧波的长桥
就走进一个人文世界

三

把吉水看成万水之城
一定忽略了
它四季的色彩和动感
云雨流光
魔幻的童话在这里沉淀

“文章节义之邦”
“人文渊源之地”
白鹭高飞
高不过天祥正气
六月荷花
红不过一展红旗

吉安的水，可以洗礼
经过太多的风雨岁月

便流出了万水之魂
流进你我心里
来一次真正的回归

来时，拖着世俗的杂念和疲惫的身躯
去时，灵与肉在清风中上天入地
从此，长桥的高度和跨度足够我们平心静气

四

从古至今，吉水从没有江湖
几千年喷薄的灵光正气
凝固成山水云树，羞涩着桃花白鹭

天祥气贯，万里河晏
墨潭与仙女静守着一念清约
俗尘从不敢浸染，庐陵古月

燕坊是出水的菡萏，饱含多少夙愿
渼陂是亭亭的荷叶，只盛开山外青山
在她们博大的胸襟间，流淌着古韵新风

五

春风抚绿，吉水在满目的柔波里酝酿
夏鸟鸣翠，真诚在桃花岛上重逢
进士园外，应有风吹芦花白

青原山上，明月曾一波三折地等待
不为你犹疑地转身，而为一路心随
唯爱，能通透地抹平昨日的伤痕

将军台上，净化着情的尘野
天祥阁外，沉淀着爱的浮躁
白鹭“啾啾”，守护着一方水土

把水流成“吉”，把气贯于天
文人与英雄铸就了这片山水的底色
在这里，没有人敢自称豪客

六

灵光与正气，诠释着生命的方向
把世上最美的爱绘成山水人文
前赴后继，和谐共存，凌风而荡

赣江与恩江，是上天入地的诗行
不管向南向北向东向西
爱心安处，才是情的家乡

桃花朵朵的时节，你不来
白鹭在春风中远去。荷花卓卓的季节
我在等，一卷书仗剑天涯

金色在野，白鹭飞天
把蒹葭化作一团火，静默千载
不为燃烧，只为温馨这个多彩的世界

作者简介：高子民，中国少数民族作家学会会员、内蒙古作家协会会员，内蒙古赤峰日报社总编室主任。主要作品有诗文集《龙乡情韵》、词话集《60词牌花飞絮》、电影文学剧本《对夬传奇》、中篇小说《浮生百年》《融雪》《绺帮的童谣》、微电影《名誉村民》、纪录片《足迹》、长篇小说《雾色边城》（三卷本）和《白股经》。

杨万里七章

杨诚斋十四行

你采摘池塘中的草作为言辞
在语言用尽的时候
你将百姓的疾苦写在水中
野鸭浮过。湖水之中
倒映着你的干云豪情
倾倒远山的酒杯
与月色及飞鸟同饮
平地都化成水流
千万朵莲藕为你盛开
你乘着船经过霜林
与古昔的圣贤一起
星群落在车马
万物都变了颜色
诚斋，千载之后，谁知道你的深心

杨万里分宜遇故人

分宜的山水让人陶醉
如同一壶陈年的酒
山水低回了人的梦
但离别催动了天涯的肝肠
骊歌响起
天末的风吹过麦浪
天地都是你的逆旅
你走在时代的反面
听王朝的一片蛙声
在不断告别的途中遇到过去的自己

当你不忍在短檠下读诗的时候
青山向你走来
而其时你的鬓间
已落满南宋的雪

夕阳下的杨万里

江南大地，处处飘零着杨花的思念
怅望江北。三千里故国如同梦寐
夕阳常沉入你的胸间
照彻你满目的疮痍
风烟再一次燃起
牛马长嘶。星斗转换
天柱阙。你用自身补天
肝胆照映明月
血脉经络道路
你常愿一人荷载
天下百姓的疾苦
直至化为邓林
秋风吹来
你身上的秋凉又深了几重

杨万里儿啼惊梦

寒鸦叫破寒冬
儿啼是另一种黄粱
惊醒异时空的旅人
在一梦中辗转
敲打玻璃色的落日
如同书法的转捩
现实的功名正如冰凌消融
化作苦寒的水
水汽上升，高于星座

天空的峡谷
人生就是在雾中穿行
新的歧路追赶行人
每个人在镜像中迷失
梦醒时，梅树正长出新芽

杨万里度小桥

你独立在小桥之上
深溪眩晕人的眼目
每每在进退两难之中
脚步悬空在寂寞之上
马蹄高蹈于明日之前
仿佛水中有着一个龙宫
摇曳无数的珍宝与水草
龙女纷纷来下
水流充满了你的呼吸
可以由此进入北宋或者大唐
时光的虫洞
一定有一条通天的桥
但你的心中仍游牧着天下苍生
“谁能大此桥，以安往来人？”

杨万里山居时刻

竹子如同故人
温酒。晤谈
海棠开未
裁下一纸烟云共赏
落花时节。燕子飞过镜面
柴门在静夜之中吟诗
夜晚是大地的一个仄音
月色晦涩模糊，语焉不详

野鸭浮过湖水
钓鱼的人去向不明
光阴缓慢而悠长
草兀自生长
蝴蝶漫天飘飞
听到棋子落下的声音

杨万里舟中闻笛

一道白光闪过
大鱼跃出水面
琉璃发出裂帛之声
口中衔着明月
如同千里的碧玉
在积雪一般的云中闪耀
远处传来笛声
云烟缓缓升起
山中的猿猴叫声凄厉
涧水潺湲流淌
作为伴奏
手的雨点随意播撒
酒气散在五湖
而你一如青峰。伫立舟中

杨万里于夜空之下

遥远的是山峰
青色向万里之外蔓延
秋水再次涨满夜空
荡漾月光的清澄
以及一些喑哑的星光
万物在水中沉睡
天象是半部易经

从河水中获得打捞
山河被巨大的梦境笼罩
暗淡的云展开翅翼，翱翔
夜空变得沉重。星群凸显
挤压树木、磨盘与大地
生命在风中来回踱步
直到岁月的尽头

杨万里淮水之间

淮水。隔开了南宋北宋
楚河汉界。宇宙坼裂为两端
渡口的船只渐渐靠岸
酒家的青色布旗在风中开展
鼓角吹动寒气
让人想起一二五九年的风陵渡口
河水解冻又结冰
车马扰攘成毛毡
一些人在客店中，豪饮白酒
想起名将岳飞、刘琦、张俊、韩世忠
天空的乌云中隐着战火的光
冬去春来，季节以宣叙调的方式行进
如烟的细雨缓缓升起
中原的百姓纷纷化为南飞的大雁

杨万里万人之中

你走在万人之中
身体或已成为虚空
在阳光中逐渐塑上金身
无我相人相众生相
成为岁月的倒影
在此三千世界抑或汗漫于九垓之外

永恒地漫游
蓝色的生，绿色的死
奇异的烈火
涅槃的凤凰
岁月是一片大雾
在太古与未来之间
在前往世界尽头的路上
行走着几多杨诚斋

作者简介：李鹏鹏，1994 出生，毕业于北京师范大学。现供职于内蒙古自治区某中学。曾获第八届首都高校诗歌奖、2016 邯郸大学生诗歌节奖、风逸文学奖、全国高校百字家书奖、首届刘半农诗歌奖、滕王阁金秋诗会全球诗词征集大赛奖等。

穿越历史，我和杨万里有几次对话（组诗）

呈上：千虑策·国势上

我想问你，你哪来的胆量？

一个手无缚鸡之力的文人
往往被人嘲笑
但是文人，却以
自己特有的方式活着
修身、治国、平天下

社稷将要倾斜时刻
与生俱来的情怀，发酵
以一种姿态，挺身而出
舍生忘死，向朝廷
呈上：千虑策·国势上
像一把剑，向投降者砍去

以一种勇敢的光
一种生命的光，闪烁着

远去历史尘嚣中，成为
传世风景或者永不倒下的品质
像一部长长的文人典籍
折叠在人们的心里

月子弯弯照九州

我还想问你？
在天地之间，你总是
有一种与别人不同的姿势

用心感受世界景致
在接天莲叶视觉中
看到
用月子弯弯照九州意象
驱赶半脱棉衣的睡意
如何寻找古今心灵场域

或许，你不能给答案

映日荷花别样红

映日荷花别样红
成为后世文人，终身景仰
他们往往，在你的诗句面前
自惭形秽，可望而不可即

只有在你前所未有的境界里
梦想，回到你生活的岁月
回到宋朝，回到荷塘岸边
与你对话，与你品尝与你共享

远去自然时态
在历史长河里，流连忘返
我只有穿越历史，再次找你对话

作者简介：向笔群，土家族，重庆酉阳人。三级教授，硕士研究生导师，中国作家协会会员，贵州纪实文学学会副会长。在《文艺报》《民族文学》《诗刊》等报刊发表作品一百余篇，出版学术专著十二部。《黄河谣》曾获中国宁夏“黄河金岸”诗歌奖与《诗刊》有奖征文一等奖。长篇小说《县治》获第三届“长江杯”网络文学大赛冠军。曾多次获得地方政府文艺奖与社科优秀成果奖。

万里幽怀章（组诗）

涉　江

莫怨孤舟无定处，此身自是一孤舟。

——杨万里《泊平江百花洲》

眼皮微张之时，
袍袖无风自动，
把峡谷的云雾之心，
吹向两岸。
松柏吐出钢骨。月亮
是亮在家国的利刃，
零散的意念粘上扁舟，
过了断崖，江水顿缓，
热血未冷，人世却略有稀松。

草　木

大江欲近风光冷，平野无边草亦愁。

——杨万里《豫章江皋二绝句》

对着深深的水，
有彻骨的寒，这份澄澈
咬着肉体的孤单。

多少年，大江还在空流，
月亮磨损故园，
山川草木有同类的孤独，

在人间边缘
收藏万家灯火，
照亮两岸荒芜的生命。

无　常

一醉醒醒了，平生事事非。

——杨万里《夜宿王才臣斋中》

早知如此，
又何必随心，
相许于虚幻的前世，
留下记忆的伤疤。
何必相忘江湖，
又复归于风声虫鸣，悲吟秋曲？
事如初见，
寂寞拍打心之深锁，
离歌在一个人身上吹响——
顿生华发。
欲回首，岂料命运无常，
大病无常，聚散无常，
爱恨无常，悲欢无常，生死无常……

山　居

不知蝉报夏，为复自吟风。

——杨万里《山居》

山果落下的时候，
微苦的气息
吸进云雾和衰老的躯干。
云深了，天深了，人深了，
半世笔墨，一口枯井。

潜伏了阴郁的飞鸟，
不是隐者，也无处追寻。
他和一座深山
彼此试探着皮肤的热度。
那些落日被废黜，那些暮色，
落进了咳嗽中的田园。

那些自在神仙化为白骨，
那些鸟，变得静默，
那些光，在大地上长久地行走；
有朝一日，和你一起回到疲倦的心中。

作者简介：王梦灵，1979年出生，江苏人。影视编剧、导演。1994年开始文艺创作，并在国内外传媒发表作品，曾获江苏省“五个一”工程奖、世界戏剧节优秀剧目奖、中国戏剧文化奖、林语堂文学奖等。代表作品有电影《幸福的小满》《霍家拳之威震山河》，出版著作《暮色》《情梦敬亭山》等五部。

与杨万里，神游吉水观荷（外二首）

杨兄，我多次与你梦中相约，谈诗作赋，而今
你我共同搞个穿越如何？

兄台何意？我说：到您老家观荷
哦？你面露惊诧。我嘿嘿一笑
我们便携手，一路掠过庐陵的秀美，降落在
醪桥镇日岗村畔

你惊呼！千亩莲花，铺天盖地
杨兄啊，尔有所不知，当年你写西湖的
千古名句，曾让吉水人多么遗憾和愧疚

如今这广阔无垠的荷田，已经为吉水的自豪
支撑起一大片农业的天空

这些莲花，年年盛放
每一朵都沾着你那两句的光了
而五湖四海的人们，也都踩着你韵脚来了
我们赶紧让开，让那些人尽情录拍吧

杨兄你看，那群莲藕的嫩娃们赤足
池水里，又开始自豪地大声吟诵：
“接天莲叶无穷碧，映日荷花别样红”

在吉水，与杨万里一同听雨

杨兄啊，当年你在这里听雨
听出的是一些花草和民间的苦乐
而今，您再听——

这些叫作吉水的水，几经轮回后落了下来
都曾见过你蹙眉疾书
都曾听过你在月下踱来踱去的吟哦吧

而今，他们饱满、灵动，在伞面上弹奏
有些小激动

它们一定来自当年你的笔端，你的额际乃至
你的胸膛。携带一颗小小的坚硬的心脏

杨兄啊，当年光宗赞你：也有性气
今天的吉水，用它的感恩，来复述你

南溪之上，那些沿着你老屋奔跑的水
青砖百瓦上，铿锵有声

这些幸运的水，复活的水，一路踩着
亭台楼阁、山、树木、谷米、莲花
疾驰而来

迷蒙中我听到
整个世界都在吟诵你，在你诗歌的惠泽里
这些水，闪耀着大美的光泽——

从你我眼角流落的几滴，如此温热和甜美呢！
吉水有福了。杨兄啊！今夜我有个梦想
多想也化作吉水一滴！

与杨万里书：在湴塘村，我率领一群学生大声朗诵

走过南溪桥，一路摸遍温润的溪水和
亭台的倒影，我们大声诵读：

行尽南溪溪北涯，李花看了看桃花——

走过你故居的斑驳、花树的阴凉。我们看到：
儿童急走追黄蝶，飞入菜花无处寻——

在小池塘旁我们都异口同声诵出：
小荷才露尖尖角，早有蜻蜓立上头——

在你的雕像前，仰望你的棱角分明
从您凝聚的眉宇间我们读出：
只有三更月，知予万古心——

新月初上，我们在客栈窗前朗诵：
不是诚斋无月，隔一林修竹——

这是一堂最好的课
顺着课本和你留下的韵律，我们领着孩子们
一步步走进南宋，走进你的情怀和纵深——

作者简介：赵大海，本名赵均宁。山东省作协会员，参加第八届全国散文诗笔会，首届山东文学奖（散文诗类）获得者。出版长篇小说《你，终是我握不住的流沙》、诗集《父母在上》。作品散见《人民文学》《诗刊》《北京文学》《星星》《诗选刊》《中国校园文学》《散文诗》《知音》《视野》《青年文摘》《特别文摘》《思维与智慧》等。现居青岛。

入围者☆陈于晓诗选

阅读杨万里，抑或天籁的吉水（组诗）

拜访一座叫杨万里的秋山

梧叶何时黄了，秋风不语
柿叶何时红了，掩不住一只柿子
像一盏灯笼。可以提着这些灯笼
缓缓回乡么？乡关在吉水
只道乌桕与丹枫，也是故土的烟火
绣出西湖三四峰的秋风
也会绣出水灵灵的吉水么

乌桕，这位老染工会篡改我的
流年么？用它那一缸猩红的染汁
把霞彩又涂浓了一些
没偷天酒的小枫，假装的酡红
欲遮还羞。我记得那棵老松
像是一截西风中的骨头
在铮铮作响。西风烈么

此刻，这座秋山，是杨万里的
或者是我的，当然也是吉水的
西风，吹动着的是许多的乡愁
有一座叫杨万里的秋山，就安静在
吉水的封底，我是来吉水拜访杨万里的
顺便把一座秋山，搬到了我的心上

一朵小荷翻出落虎岭

这只《小池》大抵是吉水分娩的
那朵小荷大抵是杨万里种下的
在金滩镇的落虎岭，一朵小荷的

尖尖角，像极了一枚心跳

泉眼并非无声，我听见的汩汩
像是源头活水，冷不丁一阵微雨
仿佛是从别处飘过来的
尖尖角轻轻一翻，偌大个落虎岭
就哗啦啦地掉了出来

仿佛这才发现，这落虎岭
是一片荷叶裹着的
被荷叶裹着的还有老牛的一声哞
或者一叶轻舟的欸乃
树荫和晴柔漾在一杯莲心茶中

当我吟咏接天莲叶
或者映日荷花时，我看见杨万里
走动在乡村振兴的画卷里
当年落在小荷上的那一只
我固执地以为是红蜻蜓
它像一朵霞，点燃了农家的红红火火

云隐寺掉落一粒幽

大东山上的云朵一隐
或者云隐寺就是一枚禅了
晨钟，暮鼓。在晨钟与暮鼓之间
只有白云在出没，香火无声
无声的香火，只在静静摇曳着
那名叫般若的高僧
是在古寺深处出没的

翠竹数竿，或者一片。我总觉得
某僧已走进《夏夜追凉》的意境
夜热持续着午热，僧在月下

门开着，这门是山门么
此刻，僧是进门还是出门呢
抑或他在琢磨“推敲”之事
月是凉的，因此月光也是凉的
轻轻地披一袭在僧的身上

深林，时不时地把明月掩去
只有虫鸣盖不住，那参参差差
仿佛在切割着夜色。杨万里说过
那一截一截的微凉不是风
估计也不是月光或者流水
此刻，大抵是云隐寺掉落的一粒粒幽
或者，偌大的云隐寺，就是一粒幽

在燕坊古村植一株新柳

落在大夫第的燕子，转眼就进了小院
谁家的小院呢？花落花开
一切都道是寻常。比如燕子
终究是寻常人家的燕子
走在青石板上，你往哪个方向
将抵达的，都是燕坊古村的老时光

这么多年了，在流水一般的光阴里
鹅卵石至今没有成为游鱼
古井中的月光，似乎也没有褪色
仿佛明清的砖瓦，也仅是斑驳了一些
香火和烟火，也依然旧年的模样
古樟和古枫，比先前葱郁了许多

也许只有我固执地要找一处古塘
决定移栽一株杨万里的《新柳》
柳条已百尺，芽还鹅黄着
恍惚间，觉着那柳影拂塘的样子

像极了某一种乡愁。柳影自然比柳条要长
如同乡愁，比燕坊古村要古老
在水墨中，点上的一株新柳
一下子就成了燕坊最明亮的歌唱

竹排过泷江

杨万里过安仁的那一叶小舟
在过吉水泷江时，也许早已化作了
竹排，竹排悠悠，可以盛装水花

我还可以找到一条渔船么
坐有两小童的那一条，杨万里见过
他们收篙停棹。说那渔船不在泷江
不在泷江又何妨，无雨张伞的小童
在哪儿，都一样地是为了使风

此刻，坐竹排的人儿
也轻轻地撑着伞，她在使风么
江上无风，也无雨，不过晴翠
也是下着的一场雨
这云朵，这光与影
不也是雨的一种么？阳光落着
也是淅淅沥沥的雨滴

水平如镜。这竹排，这撑竹排的
和坐竹排的，都把影儿
弄丢在了清澈中，借杨万里的一首诗
去打捞，我怀疑捞着的
是夕阳或者湿漉漉的烟火
再晚一些，就是一竹排的月光了
此刻，竹排已空载，只有时间
以及泷江之水在流淌

歇脚吉水某民宿

还可以看见篱落么？疏疏的那一种
小径已在村口的柏油路上走失
枝头已成“荫”的那些
还叫新绿么？一群鸭子在溪中游动
在吉水，它们可能就叫八都板鸭
溪边的一片翠竹，跟水南腐竹无关
水南腐竹是黄豆做的
当白水蜜柚，或者还成群结队地
在时光里等我，虾蟹已滴答着清水

歇脚吉水的一间民宿
其实我并不在意它在何处
它在何处都在水灵灵的吉水
稻花香时，稻田里的蛙声
一样都是可以催眠的那一种
我喜欢这些声响，比如风声
比如绵绵的雨声
比如花开的细微之声

比如在恍惚之间响起的
杨万里的脚步声，此处不是新市徐公店
此处是故土吉水。花是
怒放着的油菜花，入菜花
无处寻觅的不光是黄蝶
应该还有着杨万里或者我的童年

山居，想起杨万里的初夏

要是吃不着梅子，就说
梅子是酸的，只是那种味道
像极了某一年的初恋
山居，这是在吉水的山中

吉水的山，是一滴吉水的水洇开的
其实在吉水，一整个初夏就如同
一滴水，微醺的，暖洋洋的水

芭蕉把一些绿，分给了窗纱
谁的绿，谁的窗纱？我可以在芭蕉叶下
听滴答的流年么？杨万里的身影
一晃，就被翠绿藏了
有些绿，是虫啼做的
虫子们为我织了一小片或者一帘梦境

我没说我想什么了，只有流水
在潺潺，流水自然在吟诵初夏
捉柳花的童子，来自杨万里的故事
落在柳花上的鸟鸣，已在指尖上
化作了水滴。山居，山是空的
只有柳花在空中毛茸茸地絮叨

在杨万里抑或吉水的“诚斋体”中呼吸

仿佛都是一些细小的事物
在“诚斋体”中萌动，带着怯生生的
心跳，此时，吉水的山
不过是玲珑一枚。轻叩，回声空灵
那些潮湿的吉水光阴，浸润
在一滴水墨中，只有青石板
沉淀着石质的岁月

而吉水，也不过是剔透的一滴
时而笼着云影与波光
时而则罩着菜花与蝴蝶
吃过柳荫西的那头老牛
也就在菜花丛中露了个背
瞌睡的小童，还横着一支牧笛么

倘若再落上一场雨，这溪水
可能就要涨到时间之外了

一些年少的身影，依然在
杨万里的风景里嬉戏。仿佛他们
都不曾长大。那一朵一朵的喜悦
那一树一树的欢欣
那呼吸，是如此张扬，又如此安静
那一枚一枚的小脚丫，也会踩疼
杨万里的往事么？孩提的杨万里
仿佛还在“诚斋体”中穿梭
故土的清新与空灵，在一枝小荷上
栖居成了一只小蜻蜓

作者简介：陈于晓，作品散见于《诗刊》《星星》《诗歌月刊》《散文诗》《散文诗世界》《长江文艺》《散文百家》《文学报》《光明日报》《中国青年报》等，多篇作品入选年度选本，曾参加全国第十四届散文诗笔会，获第六届中国诗河鹤壁诗歌大赛一等奖、2021 年滕王阁金秋诗会全球诗词征集大赛一等奖等，著有《路过》《水云间》《身动心远》《听夜或者听佛》等。

吉水之歌（组诗）

春日游园

春光灿烂的日子短
村中小儿借篱笆空隙
看点点青绿
透出的阳光洒在油油的叶子上
粉白、淡黄的
花骨朵悄然开放
黄蝶翩翩穿径而过
竞相追逐
当年绿树已成荫
春泥默默、只为
等候一位诗人的到来

夏日纪事

诚斋书房里泛黄的书页随风翻飞
门前的小池依旧涓涓而流
嘘——
且听那跨越千年的泉水流过
村头有这小池的点缀
引起游人无限爱怜
当年惜作小泉无声
千年遗响传唱至今
初夏暖风吹绿岸边柳条依依
牵起思绪悠悠
故人不复旧地重游
何时再听诗人
道一声——
小荷才露尖尖角

引得蜻蜓流连忘返

秋 风 入 梦

初秋微凉、低头偶见衰草
凉水沾湿夜归人的衣角
秋蝉经过一日的嘶鸣
耗尽全部气力、终归沉寂
晚风掠过残叶、瑟瑟作响
院子里、老农搬出摇椅
晃晃悠悠的
随着稻穗的香甜气味
遥望层层叠叠的梯田
听溪水潺潺
编织出一个个金黄的、火红的梦

作者简介：冯钰妍，广东人。大学本科四年级，主修汉语言文学专业，闲暇时喜爱创作诗词等文学作品，多次参加各类型诗文创作比赛，并取得一定的成绩。

江西采风拾句（组诗）

一座山川，照见凡心；一湾江水，濯清浊眼。

——题　记

此刻，月光落在无为塔尖上

南海的风
把我吹至客家之乡
安远不远
我们来了

六面九级的古塔
熠熠生辉
宋时之月
照今时之夜

金星伴月悬挂于塔尖
倒映濂江之水
哦，一枚宋词让月色迷离
让我沐浴暖阳

那个时候有马匹
有暴乱、有革命，还有叛徒
你守卫客家儿女
驱除心魔

我曾是一叶扁舟
四海漂泊
此刻，心安处
月光落在无为塔尖之上

梦幻西街坝

眼前的西街坝街灯亮了
飞檐斗拱毓秀灵动
一个异乡人
仿佛是在皇城根脚下
寻梦寻梦
一个帝国的繁华
潋滟眼眸里的濂河
荡漾荡漾
心头的波涛汹涌
澎湃澎湃
脚板下的青石油光锃亮
仿佛是姑娘家的梳妆台
那天上的街灯
连缀这浩荡人间
季节的暖风吹拂发梢
你侬我侬
此刻
我愿意把梦里梦外的乡愁
让西街坝认领

水墨鹤子　一身诗意

云和风都慢了下来
草木也是。慢慢地绿
慢慢地绿成一棵树一丛林
我沿着蜿蜒山路逶迤蛇形
仿佛闯进桃花源仙境
起伏的丘陵地形裹起一身诗意
风、水、天空、云朵都慢了下来
宛如千寻瀑的鹤子镇啊
风的温度水的柔情天空的表情
云朵的多情晃动着

日子的富足和喜悦

这是在赣江
在一个叫鹤子镇的乡村
远山近峦，田畴秀野
智运快线把水墨江南快递了过来
我多想成为这快线上的螺丝钉
连接春光

三百山的传奇

秋露浓缀，初冬暖煦
我策马扬鞭闯入三伯公领地
与三百山撞了个满怀

声声马蹄
我与三伯公擂鼓布阵，撒豆为兵
此刻，流云漫过山巅
天宽地阔

高峡飞虹，知音泉处
我掬起琼浆玉液与青山对饮言欢
与天空对饮成三人

如果此刻，刚好有一只水鸟飞过
我不会欢呼雀跃
我会拾起一块石子
扔进东风湖
如同把爱扔了进去

水波潋滟
清溪细流汩汩流向东江
奔向香江

我端坐将军椅拨琴，泼墨于湖畔
对一个湖泊表白，与一座山热恋
续写三百山的传奇

哥哥，请陪我到东生围屋吧

哥哥，如果可以
请陪我到东生围屋吧
来，哥哥
让时光倒退
来到东生围
来到乾隆盛世
续写万世恋歌

旷世方围，茶曲侬语
我的裙裾内孕着春华秋实
你的青衫里装着风雷闪电
且让我们在白墙青瓦里沉醉
直到月华如雪落满中庭

月朗风清，冬月皎皎
我立在门槛
喊一声：哥哥
今夜不妨在此围屋暂居
明日一起看尽濂河两岸
桃红柳绿

江 西 脐 橙

你在山坡上含笑
一枚枚果实从时空深处走出来
走进千家万户
你用脐带连着大地
扎根红土地，和光同尘
你低到尘埃里

低到刚好能吸吮大地母亲的乳汁

你被秋天染黄
你把山川镀上了金
一颗果实挤在一堆果实里
这山川充盈着客家人金色的梦

你掏出赤子般胆汁
回馈红土地，回馈东江的哺育
回馈这红色故都
“橙”心“橙”意

我用苍白的文字
怎么也描绘不出你
平凡又金贵

高山之下

——记美丽乡村

高山之下
走马楼，琴瑟和鸣
风火檐，烟火升腾
老围屋围出客家人的精诚所至
新楼宇羽化客家人的推陈出新

我跨过千山万水来到这个村口
是什么在呼唤？是青梅或是竹马
是炊烟！是那个曾经
坐在门楣下听故事的小女孩
和巷口里吹口哨的男生

看不见的乡愁
从水牛的哞哞声里涌来
从父老乡亲的琴棋书画中传来

我在村里
小声地为你朗读一首小诗
然后，缓缓步出村子

蓝色妖姬

——记江西彩色旅游公路

飞越苍茫抵达绵绵三百山
满目翠绿，天空阻止我尖叫
——多么神奇啊，这蓝
禁不住喊出：这是蓝色妖姬

此刻
阳光秀出青山的倩影
它把天空的蓝静静地铺在山谷
抚平旅人心窝皱褶

如果不是空降不是脸贴着这蔚蓝
以为是悬在梦里
悬在无涯的星空
惊魂不定

我一个外乡人
忽然落入这仙境，怦然心动
我任性地坐进它的怀里
情迷意乱呵

我把额尖扣住这多情的红土地
多么希望叩出一个永恒的印记
三生三世枕上书写
这蓝色妖姬

我要把这蓝摁进心口啊
摁住这神仙山的密语和灵感

安放无路可去的文字。而此时
我的诗篇是黯然失色的

安远不远啊，近在眼前
三百山不再高不可攀
东风湖不再深不可测
我臣服这天空之镜

作者简介：高霞，女，笔名后安小海，毕业于中国民航大学，民航工程师。海南省作家协会会员、海口市作家协会会员。诗文常被省市电视电台播出，2020年4月12日受邀在海南电视台《海南故事》专题栏目讲述“一个民航人的诗和远方”。有专业论文多篇发表在《民航管理》杂志，有诗歌曾刊发《椰城》《红岩》《大河诗刊》、人民日报海外版等。出版诗集《我在家乡等你》。

万里的小池

初识杨万里，始于小池，
一副夏日荷景映入眼帘。
小巧精致玲珑盎然的景象，
跃然纸上给使人奇趣横生。

再见杨万里，由于陆游，
中兴南宋诗，难于复山河。
战之一字牵一发而动全身，
非一言可论亦非世事可料。

细品杨万里，忠于诚斋，
习于江西诗而独具一格。
想象里漫步浅明谐奇趣于心，
山水自然间变化平易又活泼。

复见小池于杨万里，
　文风越于纸上，
万物皆有灵，皆有所爱。
　杨万里，
你钟爱这天地万物，
　万物亦复爱君。

四 时 与 你

清晨太阳慢悠悠地从山上爬起，
一缕阳光从东边山坡泼洒过来。
斜着从窗户渗发铺射出多道光，
将瓷板地砖渲染得金黄金黄的。
我端着一杯冒着白烟儿的香茗，

细品这窗外的海棠花开又花落。
不知几时日头就转移到了高空，
光阴飞逝着海棠树上结满果实。
墙角的秋菊静悄悄地引来蝴蝶，
似是有所感应从书上抬起头来，
目光一下子就锁定到窗外的景，
仔细着呼吸唯恐不小心惊扰美。
竟这样痴痴地看了一个下午吗？
蝴蝶飞走我也跟着跑出家门口，
漫步在光阴里看河边柳摇曳着，
看粉嫩的荷花刹那间含苞绽放。
太阳又什么时候转到西边去了？
火红色、橙黄色的云霞挂天边，
晚风吹动发丝余晖散落在肩上，
青蛙和蛐蛐的叫声急催我回去。
难道繁星太强势把太阳挤走了？
物换星移雪花在天边飘然起舞。
我嗅到了一股清洌傲然的香味，
蜡梅临寒而开独战风雪于天地，
沾梅香在身我好像也更加坚韧。
立身于天地间雪花漂染了黑发，
曾经的少年郎已然耄老持杖行，
归来心不老携世间美好皆与你。

廷秀的模样

我不清楚你的模样。
历史虽然留下了你的名字，
记录了你的履历言行，
流传下你的诗词歌赋，
却没有留下你半点风姿。
我在时光里探寻着，想象着。
你一定是个刻板可爱的老头吧！

你跟家人说千万不要备太多东西，
当官是为了百姓而不是为了显贵，
历职内外，朝堂上下只余清风两袖。
不不不我错了，为什么只会是老头呢？
你曾经也必定是风采卓越的少年郎。
求学拜师怀至诚之心为“学问”二字，
为心中的理想，还政治于清明努力，
也一定也于案苦读笔耕不辍的写作，
以文载道，以诗会友尽数潇洒风流。
不不不我好像又错了，怎会一直快乐呢？
你也曾落第而归亦曾不得圣心被贬，
却初心不改仗义敢言不惧权势，
于你的文中可见山水自然不见牢骚，
得见大丈夫报复而不显忧郁不志。
诚斋诚斋意正心诚一心为民为自然，
所以我猜对了是嘛在人民和自然之间，
杨廷秀一直是永远年轻快乐的模样。

拾　　慧

一个阳光娇媚的午后，
躬身拾起一本书，
轻轻地抖落封面上的灰尘。
展开其中一页，
油墨泛着清香，文字跃过指间，
流星划过长空，思想穿过脑海，
突然间就想，
说点什么，写点什么，留下点什么。
但细看这书中好像什么都不缺。
拾圣人的牙慧，
欲强附其新意，
岂不是贻笑大方罢了。
善与恶，　是与非，

懂与不懂，悟与不悟，
这是人间清醒的烟火，风一吹就散了。
不及你这一刻的欣然，定格在玄策。

与君同行

我走过了万里路，
深知我脚下的土地，
有着这样或那样的问题。
我为之努力过，呐喊过，奔走过
路上的石子将我绊倒，
我倒下了，爬起，再爬起
我不曾怨恨过脚下的路和石子
我依然坚定不移，并深爱着这片土地
并永远愿意为其美好而奋斗，至死方休
我深知于世间千万人之中
在天下千万条道路之间
永远有这样一群人和我一样
所以与君同行万里
无忧，无惧，亦无闷！

作者简介：贺明霞，2001年8月出生，现就读于陕西省宝鸡文理学院外国语学院。兴趣爱好广泛，喜欢读小说、打篮球、听歌等。

与廷秀，吉山吉水抒怀

一

现在，走进儒林里
介福糕饼的香气弥漫巷陌，让我暂忘步履的跫音
汤氏酱饼，让我想起关心粮食和苍生的你
挽着清风，提读江山的词根
仰望间，灰瓦白墙化成一纸旧笔墨
写的菜花黄蝶、荷塘蜻蜓，随风缓缓飞来
写的阳光从高处射下来，直透彷徨人心
登状元楼而上，我遥望你虚构的茅斋
这是我眷恋的人间，美好而简单

一阵鸟鸣，惊起宋代的一枚枚诗词
是颂词，放大了蓝天的踏踏声
街道一字排开，古色清辉与青山绿水
相依相携，时代的水墨丹青
在一张辽阔的宣纸上，云卷花红
有黄金，有满意乱情迷
你写下“故园今日海棠开，梦入江西锦绣堆”
或许没有想到，后人会将建筑的美
用一首诗修饰成宫殿的模样

我们都是儒林里的过客，人生又如逆旅
你在动荡中交出对命运的诘问，光芒的力量
覆盖在我的身体上，温暖如一杯水酒
再加入几许宽心，与我一醉解千愁

二

你出发了，跨湖广，下江浙，进闽粤

此时，南溪桥又出现了你疲惫的身影
放下沉重的包袱，揣上悠闲
河边吟诗，你胸中的雷鸣
隆隆回音，萦绕的都是草木情深
我看见所有傲骨、诗魂和向往源源不断地沿着南溪桥流来
轻摆的水草，也像在有意告诉我
拥有清白才能拥有血脉

船工，至善把桨声连得又密又牢
掀起阵阵波涛，庄严与满目逆着光阴
沿岸的烟火，层次的环顾中
披着一道绿色光芒的世界，顺势而为
著青天怀白云，像一根倔强的骨头
敲打路过的人，首先响起胸怀的回音
辽阔、高度以及黄金般的古朴
都是你的一阙修辞，多了沉醉而不老的坐标

凡举目之人，都有匍匐之心
叹服于一座桥的威严与神性
指引如铁，让一具肉身层入佳境
包裹的梦扶住了苍老的人间

三

桃花岛有幸，成为你吉安诗词中的一滴浓墨
水轻叩山石，推敲你落笔时的笔力
以磅礴的姿势，驱散日渐浓浓的尘烟
双手一捧水，透明的、安静的一个名词
汩汩地嵌入吉安的诗意和神韵
我走在岛边，惊飞了白鹭，惊跑了鱼群
却留下永恒诚斋体
八百春秋的打磨，祛除尘世的喧嚣和功名利禄
人心向背处，世间万物皆有座右铭
题记舍与得，或入木三分

如果取走岛里的一株桃花
这岛屿就不再叫桃花岛
因为桃花只有一株，如同人心
可抒情，可寄语，一株才合适
有少女在民歌里摇曳绯红的爱情
出嫁时，踩着《桃花朵朵开》的节拍走进幸福
一枝桃花灼灼地在脸上盛开
桃花有温度，有分量
帮助一位诗人逃离政治的旋涡
内心的沟壑，被一枝桃花抹平

就一刻，一万朵桃花挺起胸膛
我看见苍穹之下，诚斋先生的一支笔
饱蘸墨潭之水，以万里江山为纸
写下民间疾苦与爱国忠贞

四

廷秀，我面前的吉山，比你极目远眺过的吉山更加雄伟
峰雄水秀，点在你诗词的额头，今生相约相认的标示
冒出的温柔之光，始终因为宁可玉碎不可瓦全
此刻驻足的峰岭，在千年前，可曾是一块沃土
或是巨浪的一部分，轮回更好地解读了“山水”两个字
廷秀，你用竹笔宣纸，洇开了济世情
有一朵水花开在了你的鬓角
像寒冬白茫茫的梅花，又像独挂霜白中的弯月
斑斓、烟火气、沧桑感与一襟斜阳静默
守候着故国家园

一山接一座山，井冈山、八面山、武功山和青原山
草绿、树茂、竹奇花美绘出的山，唐诗宋词里游弋的山
诗魂不歇，赓续吉安传奇
一座山湮灭了，会有另一座山拔身而起

廷秀，你写下了一部吉山的诗册
以广袤的国度，装下天下江山
后继者，雕刻书写吉山吉水蝶变的诗句
雕刻中国共产党百年华诞的颂词
红莲之笔蓄满敢为天下先的血液
与忠诚为民的火焰

要成为群山之巅
就要放弃一切辎重，爬上只有风能到的地方
想要璀璨，就要站在太阳底下燃烧
就像我，不断诵读廷秀伟大的诗集
毁掉迂腐的自我，然后重塑

作者简介：胡锋，1979 年出生。从事生态环境监测和科研工作，爱好小说、诗词、散文。有小说、诗词、散文等作品发表和获奖。

再见杨万里（外二首）

从菜花中拨开一条路，
远远望去，西边好似有户人家，
和记忆中不一样，穿过了花丛映入眼帘的不是悠长的小路，
不，它是悠长的小路，可没有稀疏的篱笆。
沿着路走去，可以看见一座牌坊，
牌坊上的字很熟悉，“杨万里故园”，
带着困惑，向里寻，
视野渐渐开阔起来，
有庭院、有石桥，
有穿着“怪异”的孩童在嬉闹，
大人在石碑前驻足，
探身向前，“杨万里（1127-1206），字廷秀，号诚斋……”
惊魂未定，跌跌撞撞走到一处墓地，
大家神情肃立，点香祭拜，
平复心情，才敢跻身向前，
是我的墓地……
老夫已了然，
忽然身旁的壮汉有一缕记忆穿进吾脑海，
我跟随它从江西吉安到江西九江，
从井冈山到庐山，见桃源梯田与鄱阳湖，
紧接着路过浙江、陕西、北京……
好一个祖国大好山河，
这是从未见过的太平盛世！

当下阳光正好

我站在山头眺望，
那耸立的楼宇、那芳草的碧绿、那湖水悠悠，
我可以看见万千景象，

但终不是我要找寻的影像。
我只是在望，
属于这个地方美，
它独一无二的美。
我躺在原野遐想，
不是数学公式，
不是物理现象，
也不是物质理想。
我只是在感受，
感受当下阳光正好，
四处是鸟语花香。

红色基因

手握毛笔，勾勒出叶子的轮廓，
画中的鸟儿，看不出颜色。
也还算满意。
指尖划过架子上的书，
《杨万里选集》。
世人熟知陆游，却对杨万里了解较少。
但他的诗，早已耳熟能详。
说出半句，
小荷才露尖尖角，
就能接上下句，
早有蜻蜓立上头。
它融入我们的记忆，就像眨眼这样自然的反应。
就如那红色基因，
流淌在我们的血液里，
滚烫翻腾，
如不停息。

作者简介：黄叶祺，海南人。现在陕西读研，专业是电子信息。一直喜欢写一些散文和诗歌，偶尔还会写小说。

二〇二〇走进诚斋（组诗）

等　你

我在你故乡的洲渚间徘徊
循着你的足迹
走进你的诚斋
轻轻捧起泛黄的《诚斋集》
我在
变幻莫测的云中
读着你的忧患
听着你的感慨
虽然南宋的帝王
已在刀光剑影中远去
可是你却没有走远
一直在和吉水父老
诉说着情怀
这是二〇二二年的新春
我在故乡
等你
一代诗宗的到来

为 官 清 正

你曾为官一方
不献媚权贵
更不贪恋钱财
给百姓办的那些好事
一辈辈老人自豪得
如数家珍
让人仰望星空浩瀚
光芒依在

傲骨铮铮的一条汉子
柔情似水的赤子襟怀
爱国忧民
无私无畏
直面朝廷
谏言兴衰
如今
你成为子孙为官的一面镜子
站在面前
照着过去
也照着未来

为文传世

身在僻壤
你立马千山之外
面对吉水
你心如大海
清晨你静观荷包初绽
夜晚你聆听蛙鸣
月下徘徊
暂时忘却的是朝廷的昏庸
社稷的破败
涌入笔端的是
自然景色
花落花开
此刻
吉水般流淌的诗句
在眷恋的土地上
抒发着满腔真情
人间大爱
让多少人在传世经典里
向你
顶礼膜拜

吉水名片

你是不是想到了
八百年后
还要走上故乡的舞台
是为官的形象
诗人的气质
还是孝子的那份挚爱
不用演出
静默精彩
因为你已经是故乡的
一张名片
让天南地北
慕名而来
多少人走近你
不为山光水色
只为重读
厚重的诚斋

作者简介：晋铭，内蒙古呼伦贝尔人。中国社会科学院研究生院硕士，国家文创一级。内蒙古作家协会会员，内蒙古文艺评论家协会会员，呼伦贝尔市作家协会副主席。现任呼伦贝尔市文学艺术事业发展中心主任、《骏马》杂志主编。著有散文集《枕梦北方》。在《民族文学》《散文选刊》《草原》《百柳》《大家》《北方作家》《中国文艺报》《中国文化报》《青年文学家》《人民日报》《北京晚报》《内蒙古日报》《松花江》《鹿鸣》《草原 文艺论坛》《草原歌曲》《呼伦贝尔》（蒙文）等报刊发表作品若干，并获多种奖项，部分作品译成蒙文发表。作品被新华网、今日头条、学习强国、内蒙古文艺、人民网、祖国网、大家文学网、中国散文学会、喜马拉雅等平台转载。

庐陵辞：长在诗词里的灵山秀水

一

归去南江水，粼粼见底清。转逢空阔处，聊洗滞留情[①]
船只侧身而过，驶过滚滚的赣江
诗人站在船头，衣袂轻轻
随风翩飞——
两岸的青山，被光阴削出棱角
舟楫穿行其间，必须放慢脚步
江水密布乡愁的漩涡

月光倾泻而下，在江面撒下思乡的盐
一轮明月，从古照到今

二

“浦树遥如待，江鸥近若迎。津途别有趣，况乃濯吾缨[②]”

流水有用不尽的斑驳古意
江水日夜不停地滔滔流淌着，带走的时光从来不会回还
只有书院里流淌出的郎朗书声
造就了一个个千古留名的文人志士

“三千进士冠华夏，文章节义堆花香”[③]
一方水土养育一方人啊——
在吉安，造化钟神秀的山川与河流造就了人杰地灵

① 张九龄《自豫章南还江上作》。
② 同上。
③《三千进士冠华夏》是一篇记叙性文言文。作者不详

三

有必要带你去听一听净居寺的钟声
金黄色的屋顶端坐在层层叠叠的绿里
钟声是荡涤思绪的流水，落进谁的耳朵就属于谁
弥补乡愁的漏洞
钟声被我一粒粒带走，寺庙安安静静
向我传达着默许

四

渼陂古村、钓源古村、燕坊古村……
每一个村落就是一颗星星
是一盏点亮吉安美景的马灯

飞檐、斗拱、檐柱、石柱是一个个词语
祠、学堂、牌坊、民宅是一首诗词牌
而古井、古塘、古墓、古牌坊是吉安古村落独有的修辞
它们聚在一起，
就是一首诗、一阙辞、一支曲，从古一直唱到今

五

“漫天皆白，雪里行军情更迫。头上高山，风卷红旗过大关。”①
吉安是红色的。爬上井冈山
我不是来欣赏美景的，我只是想站得更高一些
体验一下被革命的热情照耀的感觉

“此行何去？赣江风雪迷漫处。命令昨颁，十万工农下吉安。”②
在进退维谷的时候，毛主席写下这样的诗句
是吉安，收容了尚且稚嫩的革命武装
是井冈山，延续了可以燎原的星星之火

① 毛泽东《减字木兰花·广昌路上》。
② 同上。

六

走在吉安的大街小巷：吉安话与客家话和谐相处
在青石板街道上砸出叮当的声音
这些悦耳的音符，一个个被我拾起，写进一首诗

赣江从庐陵蜿蜒而过
流过历代诗家的门楣，流过文人墨客题咏的词句
让来自异乡的我低头踯躅，久久不敢落笔

七

“饥餐兰菊枝枝月，醉酒云烟句句霜。”[1]
且坐下来泡一杯清茶。慢慢沏，细细品
把庐陵的千年历史泡进去

少女的画笔流淌出层层涟漪
古老和年轻并不互为悖词

它们将倾泻的碧波搬到了画布上：
追逐黄蝶的儿童的笑声。柳树下的读书的背影
撑伞而过的袅娜的身影……
在一方画作上和谐相处。而我的茶杯
荡涤着一个千年古城的馥郁与芬芳

作者简介：石莹，四川古蔺人。参加2020年全国第三届青年散文诗人笔会；作品散见于《诗刊》《十月》《星星》《诗歌月刊》《绿风》《散文诗》《散文诗世界》《广西文学》《四川诗歌》等。作品入选“2020阿来诗歌奖”以及“魅力临潭·生态家园”全国诗歌大赛等。

① 杨万里《送庐陵宰赵村老》。

杨万里，大美吉水的一张名片（组诗）

荷塘遍布，藕花上有停落的蜻蜓

我认识那只蜻蜓，从杨万里写下的小荷上停落
在大美吉水遍布诗意的围堵
荷塘散落，散文诗一般被月光耕读
山水盛况下是吉水的一幅锦图，生态的二维码被扫描
我看见的是一代诗宗故里，压住对仗的诗词
如同与一位诗人吟哦着走向小康的截句
行云流水的诗意，康庄的大道
我看见在时光的简史上被铸就
一代诗宗的情怀，留在家国
山水诗惯用镜像，直抒胸臆
我认识那支笔，被一代诗宗紧紧握住
写下吉水的桑田，南溪边缱绻诗意的皈依
有人看见一河的潋滟，被水映照的前世与今生
我看见的是脱胎换骨的乡村，被笔墨刷新
就像是刚刚崭露头角的新荷，被蜻蜓占领
美是美的搭配，美是美的颂词
锦衣夜行借助鸟唱，画舫载月的镜像是二万多首诗汇集平凡的关爱
关于家国，被编撰
关于一簇新绿，打磨出“廉”花的花瓣
大美吉水在光芒的潋滟里铺展，慰藉平生的笔力开始悬腕
写下很多新鲜，被诗宗认可
写进雨水的新爱，蛙鼓齐鸣
总有一些不易察觉的事物被端详，小荷被杨万里圈为诗意的私有
我就像那只蜻蜓落在吉水
满眼蓄满锦绣的光泽

访杨万里故里，感受大美吉水的风骨

从南溪桥走下来的人都会与杨万里接踵
叙旧的潋滟缱绻山河的光阴，我平生最爱用桃源版图所有
与隐居于此的诗人一起，耗费大把的光阴
我喜欢善解人意的小桥
流水解下诗意的背囊，古村落一用力
阳光被磨出古旧的青铜，黑瓦青砖，是怀揣的古玉
走访的脚踝，一次次逼近风声、雨声、读书声
却也带不走一代诗宗故里的大美
我像一个古代的书生，被召唤
祭奠流水的温暖，引入桑麻的佳话
解揽放舟，“过垂虹而不扰”
在杨万里诗文的碑刻上，看见新事物的重生
小荷到处蹦跳，他们嘴里有诗文
湴塘村，是诗意磨砺的诗骨
湴塘村挂着“诚斋”的匾额，灵魂铿锵
有自然有文化的核心，就是大美吉水的样板
含蓄在诗人的行踪中，我用怀旧的眼神举起酒杯
横竖撇捺都是洒脱的笔锋
在这里我感触不一样的美，喂养天涯的追踪
我感觉竹子拔节，翅膀在目光里开阔
我感觉着杨万里，有形无形之中的雕刻
那是大美吉水陌生的熟悉，与高傲的风骨
“无庐于乡”，现在整个故里都是你
吟咏着繁茂与花开的自如

隔水见村庄，就是吉水人见人爱的大美

水隔乡村，新农村带着新鲜，彩虹托付生涯的静美
吉水已经学会用诗意布局，装饰不朽的格局
用杨万里递送出一张名片，以诗人故居展开曼妙的回忆
我看见白鹭飞翔的姿态，看见青春的枝头缀满成熟的果粒
我看见的是不一样的吉水，白墙黛瓦的修饰词

看见庐陵山水图，黛青色的山并肩站立
时光的物体发出香糯的炊烟
蕴含着体制的光色，我让自己做一个宣讲员
就讲给杨万里，还原一段光阴，百年荣光的历史
蕴含的美自己言说
光芒万丈一般，追随着民生的福祉
二万多首的诚斋体都能被遇见
见证的山水散落恬静
风景已经不是唯一，与新农村合二为一
跟着杨万里，山野清秀的模样被遭遇
穿越时光的飞升笃定渲染的大笔
仿佛我紧紧靠住一粒鸟啼，炊烟浓稠上被锦绣刺青
仿佛莲花端出的典雅，被旺盛的气息不断涌动
我知道山亭下，都是目光的锦绣
善解诗人的醉意。我也醉了，在吉水的布景里
只要说出诗人故里，遍地诗词等着捡起
“鹅黄染线织秋衣，杨柳吹绵细细披”
我知道，现在是一颗执着的诗心，一件幸福待嫁的新衣

从杨万里公园到鉴湖

仿佛大美吉水在杨万里的瞩目下蝶变更衣
一座诗人的公园广纳乡贤，一座鉴湖应对更广域的心跳
写进日新与月异
含蓄的诗情，呈现恒久的美
从杨万里公园到鉴湖，是一个伟大时代的专辑
人民的与民生的是传递的力量
更是诗人的情怀奉上崇高的礼遇
奔走相告的情绪，经历千年、百年
最初的萌芽采撷珍藏。高铁、高速
银色的班机在天空上划过，流水的柔暖撰写草木的娇媚
广袤的绿荫宣告生活的甜美
用杨万里做一张城市名片，就是大美
谈论艺术上的诗意被生态重现，家国的情绪被高耸成一座城的风骨

廉文化与爱国的情操是幸福隐喻的激情
更是蓬荜生辉
我安于在大美吉水的进行时，用鉴湖传递的力量介入史册
江山如此多娇，在诗人故里眷写家园的履历
越来越靠近小荷的蜻蜓，养词语的心跳，交给田园
把嘈杂的星辰按进鉴湖，没落的黄昏又开始崛起
这次带着足够多的蛙鼓
从杨万里公园开始，一路敲击过来
每一个鼓点都是美承担的根须
随后以星辰结满肥硕的修辞
在一座文化丰碑上，累摞滋生的果实
我便可以取出一枚诗意的果核，奉献给杨万里
在杨万里的塑像下，携带诗人的傲骨
由内到外，都是大美吉水的承载体

读杨万里读吉水，读风涛读矗立

桃花岛是大美吉水的胸佩，高架是雄心
青山余韵的笔墨下，是诗人故里
一滴古墨，在憧憬里握手言和
有人跟着杨万里重走山水诗词之路
有人就在吉水，以诗人故里开篇一个新的格局
风范领略朝夕，一首诗一个梦
二万首，也不过是吉水涵养的一部分，背景了新征途
唱田园诗的人在桑麻里叙旧
虚怀若谷的人穿上新生的霓裳
光芒善解人意，把吉水的诗读三遍
“风光不与四时同”，透着灵魂的骨气
是建设、构筑，是吉水全域一张美图
从诗词里写到诗词外，从家国的情怀写到简洁的风物
从城市写到乡村，“接天莲叶铺天盖地”
传承庐陵文化的底蕴，就是今天吉水不一样的魅力
让心怀素养的笔墨写吉水
城郭与田园，青山与绿水

一页页实现诗人的梦想，以风卷云舒，镌刻肩胛上的旧光阴
吉水，以杨万里为文化名片
我知道那里有一个灵魂透骨般被注释
我知道那是美的起因与崛起
喧哗的草露释放囚禁的太阳，靠近山水的诗篇，粼粼了目光
恍若是从梦中醒来又回到梦中
用杨万里替代我写不出的部分
用杨万里替代我写出的部分

作者简介：苏欣然，1992年出生，自由职业者。有作品发表在《岁月》《散文诗世界》《星星》《星星散文诗》《诗江南》《天涯诗刊》，曾获第三届“恋恋西塘”全国诗歌大赛一等奖、第四届诗意公交·精品中山一等奖、“魏州杯”生态文学大赛一等奖。目前定居成都。

初读杨万里（外二首）

虚虚实实的过道，虚虚实实的人生。
苍冷的手迹里，攥着窄窄的人生。
烟也似的眩晕，雾也似的迷茫。
清瘦的残雪，挤压着扁扁的日光。

飘散了的，往日的纯真。
留存下了，今时的梦痕。
梦般的醉月，梦般的飞花。
躲得了世间的千千结，却也如何躲过她。

幻想杨万里

诗歌悠悠，
等你好久好久。
我意兴盎然，
不理睬你的执拗。

花开非昨，
恰如你一念执着。
望着远逝的悲欢，
心中是你的婆娑。

多想默然，
这冷酷的寒天。
我等到无路可走，
抱怨着冰雪誓言。

你悄然出现，
萦绕在我的身边。

我紧紧地抱着你，
还有与你有关的从前。

你的笑靥明眸，
扫除净我的哀愁。
花开依旧，
我不再一网兜收。

未来布满荆棘，
谁不会身心俱疲。
有了你的牵挂，
再苦也心神如一。

纤纤素手，
你轻弹起梵乐轻柔。
柔声扣动我心房，
窗外正一弯银钩。

我端详着你面容，
梨花交织着彩虹。
我忘记了你的身形存在，
为着你永存于我的心中。

等待杨万里

等了你好久好久，
时间也为你停留。
花开又是花落，
你无辜的杏眼明眸。

何时雾散云收，
刹那间情意柔柔。
只可以蓦然一望，

一望你悲喜无由。

我忘记了款款行走，
也忘记了山盟海楼。
此生唯你不忘，
不忘你深深地回头。

微风搅扰了我的情窦，
细雨淋湿了我的沙洲。
多想你轻轻地揩拭，
揩拭掉我的片言支语清愁。

三读杨万里诗

饮一樽浊酒，
倒掉一肚怨尤。
吞吐着日月，
潇洒地行走。

漫步在荒原，
寂寂地守候。
昨夜的云霞，
消退得一无所有。

辟一方净土，
去展布理想的索求。
有花前月下，
还有绿柳山丘。

可以温柔地陶醉，
肆意把时光拼凑。
折着天边的彩虹，
堆建起海市蜃楼。

太美的未来，
都美得无法承受。
你是否愿意，
和我一起去飘游？

作者简介：邹凌雁，女，1988年11月出生，浙江杭州人。自幼热爱文学创作，喜欢读诗词歌赋。

无穷清新：诚斋先生诗趣新解（外二首）

某日我读这无穷清新的诗行　点燃
文字里的生气
这日日与天真毗邻的诗歌种子
跟随早于春天的花籽　撒满整个冰层
我负阴抱阳　紧裹这素朴的诗句
十指尖尖　抓住生土如故里的过往

书匣里　烂漫的南方修辞压紧的大块文章
噼啪作响的火苗　如掌心中云烟
漫步于世人瞩目的礼仪之邦
我在世间寻觅着　依然每日课诵
《诗经》和《楚辞》的真人
天青地白　古纸安详
日日相勉以天人之学

先生啊　读书弦歌　忽焉忘老
不滞于手　不碍于心
来到你的所在　半亩池塘
听闻着儿童的读书声
篱笆内　花木扶疏　盖满
芭蕉的绿　硬生生的绿

我还在世上独自幻想　摘下春日桃花
捣出汁液　染红秘密的信笺
那些生土塑成的慈颜　用一点点朱砂
抹出的红唇　用一捧白垩土
堆出好看的面相　渲染罢
这番苦心　令你我忽耶复醉

天衣拂石　剔去俳优之词
这一次　挺你的花红别样
挺你的弹铗冻吟　先生啊
年年状态似踏青　一花五叶
吉之青原　你是真正的诗歌种子
用尽一生立文字　关切世间的痛痒

宋刻吉州本《欧阳文忠文集》中的隐情

先生，你读了那么多书
古时肺腑之言
不过一知半解，逢人就说
“为道日损　为学日盛”
巾帼须眉，或许藩篱
学习和心悟，哪一个才能正果?
更何况　贴心的词语
像早些年木刻刷印的纸
答案可在这看似含糊的斑驳中?

先生　刻下它　尽藏春秋大义的笔触
得知“穷而后工”的文法
纯古淡泊　兴于怨刺　刻下它
金石与草木峥嵘　《秋声赋》里的风雨
褪去铅华　洗尽《花间》的异趣

酝酿着莫名的注解
幻想着铺陈一页旧纸
那莫名其妙的小宇宙
如儿童学语　暮年昏睡
更多的　是秘密的疼
辜负了这苍茫的大地
啊，纸人也会扎心的
更难为的是　误解风尘的痛

先生　唯有攥紧这表里山河
告诫后来者，岂可轻言废学

先生　刻下它　摊开宋锦中的兽面绒花
抠出一点点雕板中的墨
风吹断茬　那盛衰中的击筑者
刻下它　《集古录》中的金石　斧凿
打碑用尽的毛毡　岂是醉翁之意了得

吉州古砚歌：《大唐中兴颂》或《祭侄稿》里的隐痛

栗色马　青骢马　更难遇到的　是五花如风
拜夫子所赐　我择日辋川
一个人的内心火焰　会多高？
一个人留下的笔触　点画中能涨起
多少刚硬之气？

用尽一生的文心剑胆
如夫子行走的身姿
背脊有多么痛　字字泣血的文章
拜先生所赐　拜宗师所仰
挺起这岌岌可危的大唐

全部的笔触　坚若金石
全部的爱和恨　都在练习
赴死的从容 啊　按下这个点
唱着沧浪之歌
怀揣这一方古砚　用竹刀刮出的余墨

我也是　在更早的年代
补天剩下的一块顽石　我坚信
这天性里的冥顽　胜于孤胆
在大唐中兴的时刻　遇到生生世世的主人

为这样的字字端庄
为这样的笔笔忠良
夫子：　在我的大唐祖国
你竟然是　举家乞米　病妻无药
一棵古槐　云淡风轻的下午　你我相依为命
与你一同　以身许国

最后的囚徒时光　与你寸步不离
冷时　空心处添柴火
为你暖手　暖胸　为你追寻的法度
添加着墨的重量
孤独时　与你目光对视
夫子　焚香默坐　抱膝长吟

悬空中仿佛在转折　结体
为这样的秦弓长剑　视死如归
为儿时课诵的家训
与你一起　吐露出多少墨点泪点
为纸墨相发　满幅雍容
纠结于内涵筋骨的书风　你我定下这隔世的风尘表物

作者简介：白音巴图，蒙古族，本名云政，1969年出生，呼和浩特市人。曾在《星星诗刊》等刊物发表诗歌若干，独立书店店主，潜心于古书旧籍收集，古代诗歌著作研究，同时也热衷于美术考古名物、西域美术研究。

吉水重逢（组诗）

大 东 山

大东山的每一朵云，都拥有
独一无二的修辞
凝聚于一代诗宗的毛笔

南宋吹来的风，不停地
在山间呈现悬念的
同时，打下伏笔

拔地而起的山峰，高耸过尘世
指向白云深处
教化每一个虚词

在吉水的天地间
有些诗句，一生闪现一次
便让每一个清晨变得鸟语花香
让青山不老
变成天地之心

石 莲 洞

莲花隐居山洞
回到一首诗
小荷的尖尖角上
蜻蜓展翅，悬停

只差一池春水，淘洗
石边的小花和水浒的灵魂
再有半边月

就可以照亮整个夜晚

那棵古荆树
从未遗失记忆
在每一根枝干上种满花蕾

莲的线条
穿越万里，落脚于
达夫先生的地图
那些水墨荡漾余香

一枝远古的莲
在吉水大地复活，一次次
把新的诗篇孕育

燕 坊 古 村

一块石头
比一座村庄古老
但从未产生倦意

一座座牌坊，承受着
风雨的悲苦，也记载着
漫长的历史，七尺人生

脚下的苔藓默默陪伴
从不多言
泛光的石板路，一直在诉说
人们不曾见到的远方

那些牌坊沉默多年
被风雨洗礼后
无须人指挥，自动站得更直
屹立，是他们一生追求的姿势

墨潭·桃花岛

这里的桃花
制造浪漫，也制造离愁
风起，桃花飘走一瓣
雨打，桃花又落下一朵

一树桃花
没有战胜一场真正的风雨
就纷纷落下

幸免的一朵，经历
三个轮回
成为果实

墨潭的水
纵有千尺
也盛不下桃花深情

桃花与流水，许下
最后的誓言
酝酿每一次重逢

文 峰 山

如笔的山峰直戳云天
它的体内
蓄满笔墨和纸砚

风声喧嚣
放牧几朵白云
或追逐一汪清泉
翠竹，已等候多时

春风的暖意
有时也夹着凛冽
山峰书写的史册
皆以逗号标点

横看，侧看
成岭，成峰
把耸立写入云端
那些云朵，浓缩成一个个雨滴
那些流水，便是
一座山对人间的宽容
也是深不可测的期许

作者简介：北琪，中国诗歌学会会员、内蒙古兴安盟作协会员、内蒙古文艺评论家协会会员。作品发表于《十月》《诗选刊》《草原》《诗歌月刊》《散文诗》《鸭绿江》《散文诗世界》等报刊，并入选多种选本。获第七届“中国诗河.鹤壁”全国诗歌大赛二等奖。

在一组诗中打开吉水的山水画卷（组诗）

古韵诗情

在吉水，掉进历史的天空里，攫取
厚重的事物，洗涤灵魂或者是修行
或者在一面镜子中检视自己，发出生命里的感叹
古老的文字，在古老的砖瓦中被篆刻
或者成为典故，或者成为民族的气节
作为脊梁的注释，被铭记或者传颂
诚斋体的文字里，有疾苦的陈述，表达着
历史和祖先的心绪，关于仁善的表述
是从吉水的土里生长出来的，在岁月的沉浮中
不偏不倚，一直在生长。也想和流淌的河流
对视，在它的柔和品性中，找寻一种气节
顺着河流的走向，汇入大海，在遥远的伶仃洋
发出怒吼的绝唱，这个绝唱，敲不断，碾不碎
深深地刻在来者的骨头里，亘古传唱
我更相信，吉水的土地生长出的庄稼，是茁壮的
在《永乐大典》中落下重彩的文字，蜡烛之下
散发着和吉水有关的色彩，风吹来的时候，跳跃出
坚定的节拍。这个时候，吉水里的书院
钟声正在响起，唤醒着沉睡的人，晨读或者思考
一方水土养育一方人，进士之乡关乎天下，关乎远古
又关乎将来，此时，阳光倒映在吉水的河流上
游荡的鱼儿也在阐述“状元之乡”的典故，倾听一下
声音掀起了水面的涟漪，轻轻泛着和吉水有关的流光和溢彩

燕坊古村，迤逦出墨香

我必须承认一个事实，在古老的村落里
我的脚步在青石板上轻轻掠过

心事是凝重的，古色古香的图腾勾起我的心事
风物是有生命的，会呼喊，会讲述
很多故事，脚下石头发出声响，隐约呈现的文字
让我小心翼翼，俯下身子品读石头的纹理，去寻找
在这里走过的人，以及他们曾经留下的足迹
或者，在古老的村子里，我宁愿变成一条游鱼
在历史的河流里，游荡，和每一块砖瓦对话
寻求每一根椽子，每一个铆钉，所承载的重量
让它们告诉我他们屹立不倒的秘密，是否这个秘密
也会帮我打开沉睡在时空里的故事，那些人
那些事，那些优雅而宁静的传说。宗祠里的文字是肃穆的
传承出来的家风，正本，也正人，学堂里的钟声
在响动，那些峨冠博带的学子，书声，似乎听不见
又言犹在耳。牌坊、民宅、古井、古塘、古墓
蕴含的情节，是否该用一生的时间，去书写或者考究
时间与空间，必须幻化成一幕幕灰白色的电影
陈述过去情节。比如古井上的绳索，提起了古老的月亮
一群欢乐的孩子，在木桶的周围，跳跃，或者嬉戏
烟火与香火，在古老的故事中传承，流向了岁月之外
古老的院子，笑声依旧回荡，印刻的对联上的字迹
苍劲有力。亭台楼阁里的油漆，散发着古老的香气
勾勒出时空里的又一个画面，清新而又芬芳
而那些名贵花草、珍禽异兽，也必然经历了
时间，它们苍老的生命里，正散发着和时代有关的气息
与古樟树上的鸟一起，诉说着最隐喻的故事
在它们的眼睛里，我看到的光亮，正在阳光之下熠熠生辉

怀古，草木之心

在肃穆的地方，我不想成为一个诗人
在古老的石碑前，凝视或者憧憬，都会让自己卑微
都会让我低下在尘世间高昂的头颅，听书声琅琅
在或清或浊的声音里，寻找自己的位置
却陡然发现，灵魂在崇高的地方，无处安放

需要把失去的脚印，一步步捡回，一点点检视
读出我内心的枯萎，那些线装的典籍
在古老的楼阁里，散发着香气，无人撼动
也无法挤进苍老的文字里。只等自己
放下喧嚣，在满天的星辰里，匍匐
倾听他们的言语，幻化成自己的灵魂
让自己高尚，向房檐上的椽子匍匐
倾听，虽然苍老，但纹理的音韵
却奏出了响亮的歌声，在我的血脉里流动
让我灵魂里的憧憬，蔓延到脚心，皈依
只是一种状态，在花鸟虫草的图案中，寻找自己的影子
偶尔看到一枚空荡的叶子，可以安坐，修心，倾听古老的书声
涤荡自己的灵魂。或者我愿意从书院的历史里
攫取灵魂的故事，带回我的住所，细细品读
洗涤我的草木之心，沉浸在葱茏里的七星古塔
让我心里的草木生长成树，用以种植自己的故乡

作者简介：姜芫芫，本名姜丽，女，云南昆明人。昆明作家协会会员，2015年开始诗歌创作，诗歌作品入围第二届“爱在丽江·中国七夕爱情诗”接力赛周赛，曾获第二届“清白泉”杯全国清廉诗歌散文大赛二等奖、2021年滕王阁金秋诗会全球诗词征集大赛获得优秀奖等多个全国诗赛奖项，入选多部诗歌选本。创作小说三部。

梦中的吉水

吉水，我知道在梦中
是你，一次次把我呼唤
本是神秘的女郎，你幽居在不为人知的深巷
倾听过万里无言的心声
目睹过桃花岛上飞来一朵花
飘落进一个英雄叹息过的零丁洋上

吉水，你的温柔包孕着渊博
从那渊博中走出无数进士、状元
他们带走了你的血脉
在更远的地方落地生根

吉水，我猜想如果有来生，你一定
还会选择出生在一个叫庐陵的人家里
燕坊古村见证你的成长
石莲洞的西边有你的情郎

鉴湖公园在你的怀里，跑呀跑呀
跑得你心里刺挠的欢喜
太阳在悄悄看着，直到你害羞得低下头去

一曲高歌敬诚斋——悟诗

岁月的炉台，袅袅升成炊烟
纸张泛黄成夕阳的颜色
诗人，我知道是你
又一次陷入了深深的思索
你的彼岸是独树一帜
万里长风破浪，诚斋一方

你的思想是破旧立新
笔下如有前辈，为我开创
在你的心中，到处都是清廉、正直的阳光
可这阳光竟也有顽皮的时候——
文学的迷宫，蛛丝马迹里
阻挠了你的野心，耽搁了你的开创
令逐日的夸父跌了跟头，不屈的精卫折了臂膀

我以为你必输无疑，却发现
千年后的诚斋体，熠熠发光

一曲战歌敬岁月——家与国

妻子老了，在烛火前
一针一线缝补着大儿的衣裳
这件衣裳也老了，大儿曾穿着它，在
荷花池边嬉戏，树荫照水
映着一片晴柔的光景

母亲老了，在灶台边
端着饭碗的一双手忍不住颤抖
今天是二儿的洞房花烛
外面是金兵的狼烟阵阵，虎啸猿啼

笔墨老了，在我的诗句面前
流下最后一滴浑浊的眼泪
我的国家也老了，在这温柔而动荡的岁月里
化成战士的马蹄，叮咚作响

作者简介：焦悦，女，1999年出生，大连人。曾获首届“墨风杯”大学生征文大赛三等奖、第三届中国青年作家杯优秀奖等奖项。

一个“吉”字，写尽天下吉祥（组诗）

吉　水

吉水是一支笔。它书写的草书
起笔是山峦，收笔是云彩
荡气回肠，缭绕于沙洲之上
一个“吉”字，写尽了天下吉祥

吉水是一堵久远的城墙，将唐宋以来的
叱咤风云尽收眼底
甚至愈加久远的新石器，透着沧桑的青铜器
千百年来守护着一江春水，百姓黎民

这支神来之笔呵，注定要书写儒雅
在山地、丘陵、平原之间，选择安卧于文峰山上
这一堵坚不可摧的城墙，围起了刚正气节
心怀江山，忘却忧患

山巷子无语，散发着奇异芳香
黄栀子有色，它们修饰人间缤纷
拨亮吉水灯彩的光芒
那一束低垂的稻谷，种出了一千九百多年的
自豪与满足

他胸怀万里

若你认得儿时的莲，出自湴塘，却不沾淤泥
别样的荷花，不只是为了区分颜色异样
有人闲看儿童，捉柳花，追黄蝶
猜透一世的不紧不慢，遇事不慌

他做文人，照样可以指点江山
他做官员，让普通人可以像稻谷一样安静地生长
他守住一隅老屋，足以挡风雨
他泛舟溪流之上，游鱼欢快，清澈见底

只因他胸怀万里，不舍弃区区一寸土地
夜不能眠，食无法进，惜别妻儿亦不足惜
他要写尽这一份真心，即使笔尖落下那一刻
也要让忠字高悬，气节生辉

文采风韵

吉水是罡风书写出来的，浩浩荡荡
千百年来的百千进士状元便是明证
他们提笔，写尽夏商，战国以来的纷扰
你争我夺，也要写尽庐陵以来的文澜与富藏

青铜器叮当作响，如果没有大钺，没有犁铧
再精美的纹饰也不过是夸张
屋舍如果只是砖瓦，木雕，一定缺少了人间烟气

曲水流觞，文云开天，草书的“文”字
可以让湿润的季风气候一直吹拂至今
那个四季分明的地方，只有文采风韵俱佳的人
才能称得上大美

我在篁寮书院里端坐。或许几十里之外
青原会馆、匡山书院、白鹭洲书院都将在黎明到来之前
同样书声琅琅。可有谁能忘记，播下的种子
因为感恩《禾谱》的私塾教诲
生长出第一粒醇香饱满的稻谷？
又有谁能够拒绝贤母的乳汁
哺育出“孝顺”这两个柔软的汉字？

红土之下

这是一片红色的土地。甚至可以说，红色
已经深深植入土壤的每一个分子，每一粒粗犷的种子
只要稍稍留意，就听得到伟大足音
独臂将军爽朗的笑声威震四谷
是的，他们只是刚刚离去

但，一定有更加沉重的气质保存下来
连同千百年来的飞檐走壁，穿墙走石
他们武艺高强，踮起脚尖疾步而过
巷道、宅院以及这片吉泰平原
仿佛漫卷起的风云，散落下的点点繁星

大江之上，一定孕育着波澜不惊
红土之下，一定有晶莹的石子可以点亮光明

富庶的遐想

江右民居需要古朴的村落与之遥相呼应
那些久居乡间的文曲星，仿佛隐匿在凡间的萤火虫
他们打开上好的老冬酒，与姜片的黄，枸杞的丹红
以及葱花的碧绿，瞬间吟出人生里的五味

还有醉人的白水蜜柚，外表鲜黄晶亮，果实幽香肉脆
像极了熟透的生活
要是再打开一听百威，那些泡沫
一定折射出一波又一波七彩阳光

稻虾共作，莲鱼共生。莲花之上
一定盛开着富庶的遐想

燕　坊

我宁愿相信，燕坊与飞入寻常百姓的燕子

有天然的联姻。无论它怎么飞，都飞不出
这一栋栋砖木宅院。它们在青石板、红石板、鹅卵石
铺就的巷道行走，金色的光泽或蓝或绿
那是青铜器浇铸时不小心溅飞的花朵

它们在樟树、枫树上筑巢，在深井、池塘边
捕捉害虫。它们懂得，巢只要温暖
就可以留下先人教诲。哪怕砖与砖之间
没有任何粘连也依然牢固至今

并不是所有的燕子都需要迁徙。它们低空飞行
看得见门楣与门楣之间的水木年华
水绕其间，仿佛一个舞动起来的“文”字……

不　屈

有人余钱万缗，可以弃于官府
有人生于湴塘，却褪去淤泥
这样坚硬的骨骼生于吉水
生于一段浩然正气

有人记得“石阳”古名，让人望文生义
这或许并不是一件坏事。孤山不孤，自有一江春水
可以读出清白
读出石灰一样的教诲

我用一万道苛刻的目光审视你
我用一万条鞭子去抽打你
你仍然写下两个方方正正的汉字
叫作：不屈

作者简介：康泾，本名陈伟宏，浙江桐乡人，祖籍长兴。中国作协会员，中国诗歌学会会员。现为桐乡市作家协会主席。诗作刊发于《诗刊》《诗选刊》《星星》《诗歌月刊》《诗潮》等报刊。著有诗文集《稻草人》、诗集《50°》、长篇小说《青镇人家》等。

循着历史的根脉（外六首）

——致敬“诚斋”杨万里先生

喜欢自己是寂静的，泛黄的古书
伴着冬夜的炉火，夜晚长出无数触角
推开历史之门：“芭蕉分绿与窗纱”[①]的沉吟里
残留着一个王朝的盛世余欢。金山吞海亭
为金使烹制的茶香吞没了他的澎湃呐喊

乱世英雄的一剑，缔造出新一轮的江山
无数的河流和山川还在呼啸
矛头和矛柄已握手言欢
太平盛世，邀风，邀月，邀莲花
总有一片云，还牵着昨日辗转的征尘

倾读一个固守江山的诗人，忧国忧民
吃醉了酒难抑的寡欢，《插秧歌》[②]《竹枝词》
洋洋洒洒写就的诗行，一路踏山破水逶迤而来
一道一道褶皱带着积年风尘和悲怆

荒野里立起经幡，被疾病和灾难涂改的生灵
宿命和天堂都带着身不由己的悲凉
信仰一次次满目疮痍，终又临风而立
黑暗和光明的较量，从未停止

南宋的城池已年久失修，山河纵然沧桑
笔下自有大文章，留得后人思量
“归千军、倒三峡、穿天心、透月窟”
胸中压抑的万丈狂澜，凝蕴成诗句中的千层熔浆

① “芭蕉分绿与窗纱”是杨万里《闲居初夏午睡起》诗中的句子。
② 《插秧歌》《竹枝词》是杨万里的代表诗词作品。

隔了上下五千年，道一声“诚斋公”
风狂雨横，犹是意难平

雪　覆

拂拭屋里的每一个陈设，曾经的喜欢
或者不喜欢。现在觉得什么也放不下了
有一地月光就满了

在一樽酒或一闪念间，你曾经复活过
被一盏孤灯反复拉长的影子
终是越不过时间的沟壑，也罢
转身即是坦途

等一朵花开的时候，季节已经陈旧
装有故事的香囊也旧了
种植下的五谷被汗水收走，留一地空荡
等着被一场白雪覆盖

寒露清欢

酒是陈酿，被岁月一层一层勾兑
饱蕴了四季的雨雪风霜
今夜满盏的，都是心怀思念的人
我们在十月的镰刀和锤头下热泪盈眶
饮下一杯乡愁，接受来自大地隐秘的馈赠

仓廪丰满起来，候鸟逐暖南飞
灌浆的晚稻在秋雨里起舞
草木褪去葱郁，苍山越发清远
忽略一些意外，忽略必经的严寒和热浪
余下几分清欢让人贪爱

谁不是一边喊痛一边风雨兼程
一路遇见沉默的石，温暖的光
心怀感恩，为即将到来的寒冬备足炭火
请允许我一再低头，写出这满江烟雨
洗尽铅华，遇见你便误了终生

秋水汤汤

芦苇，孤船，水湄的女子
是大写意的一幅画，唯美中透着清寒
我愿意它们就这样长久地存在着
不会被腐蚀，被浸染，被时光无情带走

芦花的白被黑夜染指，徒留衰败
看不见的地方堆积着腐烂的苇根和苇叶
像极忍辱负重的母亲
为来年一场声势浩大的复出献出所有

重新活过的不单是这些
绿叶与花、野草、虫卵，死去又复苏的心
枯黄的音符几度沉沦、几度高亢，击节吟唱
弦断人已去，往事不可追

望穿了的秋水依旧汤汤
化为思乡的风物，日夜回响
把自己托付给南归雁，带我穿过大江南北
每一片落下的羽毛都是信物

落在故园，成雪、成念、成隐喻的暗疾
在时光里辗转反复，经久不愈
菊花已然在盛开，菊花酒燃起的情愫
让我把醉卧的异乡喊作故乡

山里人家

小路被两旁的绿逼瘦了身段
若隐若现一路蜿蜒。随着绿涛前行
乍现的石屋，带着风雨磨砺的质感
在一棵老树下静默地守候
此时霞光如金，天地间万物明亮

住进风景里，蛰伏于稻麦和鸟鸣中
这些蓬勃向上的生命，不问来处
在柳琴的韵律中只管生长。风吹过的呐喊
关乎生命的慈悲，我都懂得
夜的深处，一朵花微微地开
一块沉默的石变得柔软
那些静寂都竖起耳朵，想听一声乡音的轻唤

早起的黎明唤醒群山，牵出一抹朝阳
在一片瑰丽的红中分娩而出
鸟儿用啼声衔来万缕晨光
将深沉的黑夜一一破开
顺着飘起的一缕炊烟，可以寻到故乡

燃烧

一些久远的铺垫仿佛只为了这一刻
他们在充满异域风情的街巷相遇
互相看了一眼，他便带走了夏天的炎热
晨曦的微光中，一切都在苏醒时节三月

红尘花开，陌上风情
总有些干净的时光，容我们好好相爱
燕子忙着吐故纳新，雨水甘愿沦陷

我们在隔世的燕巢下品一盏新茶
洞若观火，却又童心未泯

阳光遍地，泼满青釉的春日天空
写满萌动的心事。土壤裂开缝隙
任由光源纵向黑暗深处
唤醒沉睡的种子、蛰虫和寒冬的梦魇
更多的音符随风掠过白桦林
弹奏着纯净自然的旋律，万物和声

被三月暖阳淘洗过的碎金时光
写下的都是岁月静好，未来可期
暗苔一样蔓延滋长的前朝悲凉
敌不过这春风十里，一层一层褪尽
终是被泛起的绿浪湮没

心动像一只悄然掠过心底的蝶
颤动着羽翅，停在泛波的眉眼之上

时间仿佛停下来，日光与树影错落
脚边有蕨类的植物在拼命生长
她没有挪动脚步，眼睁睁地看着那些植物
枝蔓纠缠地，包围她，覆盖她
拥抱她，直至海水一样淹没她

多年后，他在一封信里说
再没有那样一双手握着我
软得像糯米，让心过山车一般地颤
周身燃起一团火，不可抑制
读这封信时，她站在清晨柔和的光芒中
藕白色的长裙绽放着辛夷花
花一般的长裙旋转起来，像极一团火焰

见字如面

总在春天，铺设一山头的明媚
荒草、腐叶、颓废、破碎，都会埋下去
我只写给你生机盎然，在一场雨到来之前

民谣还会唱响，藏在夹缝里的忧郁
来不及在你的手里打开或者生长
光线还没腐烂的迹象，一些美好会被春风唤醒

在一条春水涌动的河里走向过往深处
一些带着你体温的词，就像百花盛放
一路闪闪烁烁却又暖流浩荡

就在一朵花里活着，多好
月光下可以逐字阅读燕子衔来的新柳
又是一年。见字，如面

作者简介：孔范晔，笔名晔子。山东省作协会员，中国散文学会会员，中国诗歌学会会员。百余篇作品散见于《中国青年报》《散文百家》《青年文学家》《读书文摘》《鸭绿江》《参花》《文学少年》《山东青年报》《胶东文学》《烟台日报》《烟台晚报》等全国各级报刊，获全国乡村诗歌比赛三等奖、《山东文学》庆祝建党一百周年主题文学征文二等奖、烟台市优秀文艺作品奖等各级奖项三十余次。著有诗集《为谁妖娆》《遇见你的人生》、散文集《指尖上的舞蹈》《幸福在手》。

不朽指南，或庐陵的精神现象学（组诗）

欧阳修：伟大的开端

——区区彼江西，其产多材贤[①]

一生停留最短暂的地方，被称作故乡。
一生将儒道充实于中而行之于外的人
一生体弱多病：而立之年见华发，四十称翁叹老。
儒林文宗，青年在嵩山窃慕汪僧高论，中年校勘《黄庭经》
企图以养生术纠正孱弱，晚年自称居士；

匡时济世之心从未稍歇，总是安处贬谪，
常常拒绝升迁、自求外放，反而加官晋爵
以至于归田之心擘画多年的六一岁月，仅得一年……
伟大，筑基于这充满悖论的人生。

而伟大似乎常常发端于偶然，一种必然的巧合。比如
在一群玩闹的孩童中，唯独十岁的你，从破竹筐中
拎出《昌黎先生文集》，尽管它像老酒鬼一般脱落颠倒。
如果换成衣冠楚楚的《文选》，或者涂脂抹粉的《玉台新咏》
或许骈文的王朝将不止六百年，而新散文八百年的基业将毁于一瞬。

洛阳绿野堂那划时代的偶遇同样不容忽视，你居然
置约定拜见的西昆体长官于不顾，与梅圣俞去白体的香山高谈阔论。
友谊如此广大，所谓“宋调”，更像是其结晶，堆垒出诗史的分水岭。
在夷陵第一次品尝贬谪的滋味，却也让你竖起“汉学”的反旗——
重温古老的经典，注疏令你厌倦，顺手为“宋学”提挈义理的本质。

你几乎是一个天生的造反派，更是一个神奇的开创者。

---

① 语出欧阳修《送吴生南归》。其后题记所引诗句，依次出自杨万里《读罪己诏》、文天祥《正气歌》、罗洪先《闻虏犯保定》；《解缙：责任的重负》题记为解缙语，语出明代焦竑《玉堂丛语》卷五，罗洪先评价解缙亦引之。

也许是幼年阴影——用苇秆在涢水的沙滩习字——让你敬惜字纸，
长大后甚至对刻上字的石头也产生了持久的兴趣和敬畏：
一千卷《集古录》，五十卷序跋，你用四十年光阴建造
文字的神庙，写就金石学的创世纪。

当伟大成为习惯，连怀旧癖也充满创造性。为记录朋友的一生
你作过太多碑铭，垂暮之年，颍水之滨，你不断忆起他们
论诗衡文的往昔，二十八则吉光片羽，滥觞了一条活泼的诗歌批评长河[1]。
这不是你第一次受惠于漫谈和回忆。你早已暗度陈仓，以私家修史的
癖好和绝技熔铸《归田录》，灌溉后来者，用笔记中演绎鲜活的小历史。

甚至连病患也不禁向伟大看齐。或许是继承了先君
“死中求活”的仁政德风[2]，顺便也遗传了他的视力
或许是一种内视的需要，而我更愿意这样理解：作为一位
复活春秋大义、重树名节于士林的历史学家，你的眼力
越来越靠近左丘明；同样的理由令你患上司马相如的糖尿病。

逸老、达老、一林鹛、醉翁、照天蜡烛、六一居士、文忠
各种各样的绰号伴随你的一生。尽管我们绝难相信政敌的伦理攻击
和桃色诽谤，但作为脍炙人口的流行歌词作家，一首小词[3]
足以令我们揣测，你做过一些荒唐事，夫人怄气而你只能献尽无效的殷勤。
身为男人，绯闻终于把你降低到一个亲切的维度。

人们总是乐于画地为牢，把你视作一个王朝或地域的代表
你支撑的世俗的王朝被一分为二，不可避免地经受更迭，
你纸上的王朝至今仍然生生不息。就像到今天，地名的庐陵，
早已从地图上消失，而精神的庐陵，却激励若干后辈高山仰止。
在他们身上，你一次又一次活了过来。庐陵也因此生生不息。

---

① 欧阳修所著《六一诗话》，为第一部诗话，在当时模仿者已经很多，后世蔚为大观，成为重要的诗歌批评范式。

② 事见欧阳修《先君墓表》《泷冈阡表》。

③ 欧阳修有词《玉楼春》记此事：“夜来枕上争闲事。推倒屏山褰绣被。尽人求守不应人，走向碧纱窗下睡。直到起来由自殢。向道夜来真个醉。大家恶发大家休，毕竟到头谁不是”。

杨万里：得体的活法[1]

——中原仍梦里，南纪且愁边。

到底怎样的一种美学，才能为王朝续命？
出生在耻辱之年[2]，舍身于时代的洪流，
这问题如影随形，覆盖并不断修正
你的一生。南溪东流二十里为螺陂，

会柘溪出柘口入于赣江，这最初的路径
运送你和族叔祖忠襄公[3]汇入万古流。
他用膝盖用肝胆和血用他的死试图校正的，
你正心诚意，用千虑策应对，最终都归于失败。

由于战争与和平之间永恒的痉挛，
偏安的王朝越来越自闭，像一柄入秋的折扇
即便偶尔打开，既扇不动临安慵懒的热风，
也承载不下一幅完整的地图，更挥不去万古愁。

如果精心安排，勉强配得上一首像江山一样
被剖成两瓣的七律。而罪己诏令你惋惜，欧阳修的帖子词
令你怀念，淮河令你悲伤，扬子江和金山让你反复反刍耻辱，
金使烹茶的吞海亭令你愤怒。百忧煎熬万古心

——区区折扇何足釜底抽薪？何足图绘和冲印
你纵矢蹑风拍下的一帧又一帧生动深沉的速写？
当千虑策让你无计可施，抗辩的词锋被岁月消磨

---

① 欧阳修所著《六一诗话》，为第一部诗话，在当时模仿者已经很多，后世蔚为大观，成为重要的诗歌批评范式。

② 据萧东海《杨万里年谱》，靖康二年（1127 年 4 月）发生靖康之难，5 月改元建炎，杨万里出生于建炎元年（1127 年）九月二十二日子时。

③ 指杨邦乂，杨万里族叔祖，与欧阳修、周必大、胡铨、杨万里、文天祥合称为庐陵“五忠一节”，建炎三年（.1129 年），金兵取建康，邦乂不降，血书“宁作赵氏鬼，不为他邦臣”，于建炎三年十一月二十七日死节，被完颜宗弼命人剖腹取心，谥忠襄。诚斋为其作《行状》。

你效法中奉公[①]退居湴塘村，寄傲于溪山松竹。

三十年仕途用尽意气和智慧，在广州你甚至舍不得带走
剩余的官俸，当你意识到除了食谱有别，凤凰与狙公并无不同，
致仕后拒领丰厚的养老金，以此减轻愧疚，直到十多年后
绝食、落笔，得体地告别热爱的小国家。

行将消逝的王朝用“文节”纪念你的慈惠爱民、好廉自克。
诗人们用“诚斋体”表达得体的敬意。而庐陵用“五忠一节”
垂范后人：尽管一个人倾尽所有，也决不足以扶正
倾斜的庙堂，但仍值得一试，值得为之用尽一生。

文天祥：死亡的典范

——当其贯日月，生死安足论

彼可取而代也！大丈夫生当如是！志向也是谶语吗？
还是因材施教的导师呢？学宫中庐陵先贤的画像令你
发出刘项之叹，垂髫之年便立下被供奉和祭祀的志向[②]。

当巨额的岁币再也换不回和平，你坚定地朝着目标行进。
在崖山，你回顾惶恐滩的惶恐、伶仃洋的伶仃，仍坚信历史公正，
凛然写下关于死亡的格言，连敌人也为之感动而做出让步。

你洞悉你失败的命运，但仍不懈为之斗争；你牵挂
妻子、妹妹、儿女和小妾，你知道偷生足以拯救他们而你
恰好有足够的理由，但你依然选择去死[③]。

在囚室你见识了雨水的气味，阴湿的泥土和墙壁的气味，
夏日酷烈的阳光的气味，做饭的烟火味，陈米发霉的气味，

① 指杨存，杨万里族曾祖，时人号之“诗将军”，高宗时恩加中奉大夫，诚斋为其作《墓表》。从诚斋一生的出处进退和行事风格，不难看出杨存和杨邦乂两个先辈的影响。

② 《宋史·文天祥传》记载：自为童子时，见学宫所祠乡先生欧阳修、杨邦乂、胡铨像，皆谥“忠”，即欣然慕之。曰：“没不俎豆其间，非夫也。”

③ 见文天祥诗《六歌》。

多人杂处混合的汗臭味，厕所和各种腐尸的恶臭味——

你并未提前倒下，这让我们确信，你的确背靠
浩然之气而立，它同时也沛乎塞于你体内的苍冥
你敏感而倔强的味蕾。命运像一个玩笑：忽必烈迟来的诏命

和一个恪尽职守的监斩官，终结了你的失败。而在此之前，
你服毒自杀不成，又尝试绝食，如果不是一路顺风顺水，你将
按计划饿死在船过吉州的当口……

——如同历史般吊诡，死亡从不遵从于你的意志。它坚定如礁石
执意降服士人精神的最后一朵浪花。它似乎意识到，对你而言
这不过是一次诈降，随之而来的是风暴般孤注一掷的进攻。

——如同历史般公正，死亡也终于屈服，你由此成就万古存。
和你祭祀的庐陵先贤不同，你用失败树立了另外的典范：
前者教我们如何生，而你示范如何死、如何用死亡击溃死亡！

解缙：责任的重负

——宁为有瑕玉，莫作无瑕石

早慧的天才受制于他的时代，就像参天大树的幼苗
被误植入盆景，不服从修理的品性，要么涨破乱世的瓦盆
要么被承平之世连根拔起，弃置于道途。

你吟咏三尺长的幼松，对它耐寒的品性给予厚望
而对于百尺长的青松，你替它向砍柴的斧子求情
你怀着精英的自负歌颂斧锯，想当然地认为它们

会被正确使用。而木质的松树，即使血肉之躯得其坚劲
也万难抵挡锦衣卫的烧刀子，熬不过永乐十三年的大雪。
也许你也会向往宋朝，即便是南宋，你四十七岁的一生，

也短于诚斋待在吉水的五十年岁月。身死北京之前，你

东进南京，西贬河州，南谪广西，寻改交趾而在化州督饷，
也曾官至首辅，也曾主编过《文献大成》《永乐大典》，

献给这世界第一部百科全书。历仕三朝、足迹四方、
学富五车，一人之下、万人之上——语言成就了你也成了
最大的负担。举荐人才“有一善称之不容口”，而“臧否无顾忌”[①]

为你赢得等值的敬意和忌恨。而爱之所以博大，是因为
恨更容易，更具杀伤力，更何况置身于高冷的庙堂，
而你偏偏好作侠客行。上万言书、进太平十策，

倒也罢了，居然代人上疏为李善长辩冤，弹劾
权倾朝野的袁泰，这就过了。朱家的继承人，
你说了算；有人举报你泄露宫中机密，也没有治你的罪，

这就够了。但背着皇帝拜见你拥立的太子，是何居心？
还要指点江山，请求疏通赣江以解旱情。国事
不过是家事，哪有一个罪臣置喙的余地呢？

“缙犹在耶？”这绝命之问为你备下了烈酒、白雪和潦草的死亡
厚赐妻儿和宗族以流放和贫困，然后再用二十年归还
抄没的家产，用五十年归还你更看重的清白名声。

就连耗费大量心血的《永乐大典》，也不免继承了
你一波三折的命运，只能在火的反复检阅中残缺存活。
“缙犹在耶？”这问题挥之不去，我只能这样作答：

早年你在诗中种下桑树，现在依旧郁郁葱葱，你知道那是
万木之中最苦的，体内为国为民之丝日夜奔腾不息。好在
尽管时代的口味偏向美丽而甜蜜的桃李，但总有人自找苦吃。[②]

① 语出《明史·解缙传》。

② 解缙曾有诗《咏小松》《松》《斧》《锯》《桑》等诗抒写怀抱，大部分构思新颖，发语奇特。

罗洪先：地图与想象①

——无才资理乱，击剑自悲歌

生在思想紧缩的时代，生在疆域辽阔而大一统的国家，
如同置身荒野，无疑需要一份地图明示自己的位置
借助想象和书籍，通过统一图例、缩小误差
明确进退、取舍和向背。这是一份偏重于防守的地图，
仍然需要中心，边缘日益重要，已被纳入攻防的计算。
御敌于国门之外，呈现出越过边界的野心。
天圆地方的空间感，天下的政治观念，
以及华夷之辩，是你触摸世界的模糊罗盘。
现在，那被你用地图触摸的人，也将从同一幅图出发
揣摩你的一生，一幅依图而行的漫长的撤退。

在朝廷你感到了一种危机，因而退居吉水黄橙溪，
在黄橙溪的旧园圃你感到危机，继而退居梅溪尽头的
石莲洞。伴随着可见的行迹，一种历史维度的时间之撤退
在诗中悄然行进，你从拟古派的晦涩退到唐宋派的
道学气，最后撤退到自己的喉咙。精神的撤退不可避免
在心学、道学、禅学的轮番夹击中，你退居于百科全书，
退居于天文地理、礼乐历算、兵书战阵。我甚至想，
也许是撤退的需要催生了那些地图——
作为撤退指南和最后的退守之地。

即便退居于地图学，危机依然令你保持着防守的态势。
这内省的地图，它的方法论始于足下——扎根于一张鞋垫
它的发生性始于身体——因为一次疾病，唤醒了对表象和本质的沉思
它的认识论源于对熟悉世界的不满和对陌生世界的

① 罗洪先是一位百科全书式的人物，嘉靖十八年（1539年）因联名上《东宫朝贺疏》冒犯世宗被撤，就此离开官场。《明史·儒林二》记载："洪先归，益寻求守仁学。甘淡泊，錬寒暑，跃马挽强，考图观史，自天文、地志、礼乐、典章、河渠、边塞、战阵攻守，下逮阴阳、算数，靡不精究。至人才、吏事、国计、民情，悉加意谘访"，尤其专心于元人朱思本《舆地图》阙略讹误处的订正增广工作，以计里画方之法，创立地图符号图例，绘成《广舆图》，是为中国第一部分省地图集。

惊奇与想象，并由此区分于征服世界的地图。
当我在影印本上，找到五百年前的家乡，尽管位置
略显错乱，但我更愿意用漫长的光阴和多变的局势为你开脱。
正如五百年前你视我如寇仇，而时代消磨了古老的敌意
让我得以表达恰如其分的敬意。

你生活在现代中国的开端。并非一个古人，只能算是
一个作古的人，隐遁于虚无并借此撤退到无边的未来。
死亡让你退居于正史，继而撤退到思想史，最后退入
四处流传的传说，亲切如一个浪迹天涯的故人。
现在看来，即便多材如庐陵，你的天才和专注也显得不凡，
而你的行迹更像是一个异端，似乎要越过宋明
上接青原行思①，从外王退回内圣，从兼济天下
退居于立地成佛。似乎葆有一种对于撤退本身的执拗
而撤退，恰好意味着更深地进入世界。

和对待所有庐陵先贤一样，当我从此时此地抽身而出
执拗地撤退到宋明，检点你们的一生，勾画出虚实交辉的
精神和肉身的路线图，我的比例尺被一次又一次调校，乃至于颠覆。
是的，死生并非大事，关键是，在生存与死亡之外，
还有什么东西留了下来？在丰赡的历史盛宴和独特的个人口味的永恒张力中
一个呼之欲出的期待和一个虔诚的祈祷，像拉满的弓矢有一次瞄准不朽：
愿这些经受了时间的公正拣选的庐陵结晶被铭记、传承，
把世界一次又一次擦亮。

作者简介：罗逢春，彝族，1986年出生，贵州赫章人。鲁迅文学院西南青年作家班第二期学员，民刊《走火》创办人之一，拖拉机诗歌沙龙成员。诗歌见于《人民文学》《中国作家》《青年文学》《民族文学》《山花》《飞天》《诗选刊》《江南诗》《星星》《扬子江诗刊》《诗歌月刊》《中国诗歌》《中国诗人》《福建文学》《黄河文学》《滇池》《红豆》《特区文学》等刊物，入选十余个选本。

---

① 青原行思，慧能大弟子，庐陵人。禅宗五家中的曹洞、云门、法眼三家均属青原法系。从罗洪先的思想和行迹来看，虽然以儒学为基、成就最高，但若无儒道禅三者之融汇生发，则断难理解世间会有这样的人。而庐陵文化正体现了以儒学为基的三教融合的特质和气象。

藤（外四首）

我写不出那么勇敢而恣意的诗
无数双小手，抓住一根细藤
两只小手之间，重复着默契的叠句

每长高一寸
都是一个新的翻越

秋声里，万物都在重新播种自己
它们只是自顾自地攀爬
似乎要爬出自己的身世之苦

身后山上云蒸雾绕
亭阁隐去，头顶松枝间的天空
蓝得那么恍惚

叶　　子

我一直没弄清楚，那是什么植物
叶子落了，像瘦小的手
纤细的血管依稀，赤裸而微凉
印在台阶上
它们渡人，成泥，成蝶，成干枯的标本
我不忍践踏
走到岔路口，我犹疑了
觉得场景和心境那么熟悉
不知走哪条路
问路边算卦的男子
他左指，烈士陵园
右指，山上有佛，绕过去可下山

远闻寺内钟声响起
一群白鸽盘桓松林
忽然觉得，那些冰凉的小手
生出骨来
随时欲在我的脊背偷袭

伤　口

我们沿着崎岖的山路往回走
边走边谈树木的命运
人生的很多缺口
话题并不轻松，砍树的声音传来
使我们的声音都有了棱角
藤上的葫芦瓜有醒目的一道伤
大白石裸露出山的骨头
走出林子遇湖
一只水鸟贴着水面疾驰而过
又是一道白亮的口子
人间处处伤口，每道伤
都有自愈的品质
有时需要时间
有时需要刮骨，以毒攻毒

野　生

一片，一枝，在秋风里
簌簌而下，像我的断发
只是我不配做那些野生的树

它们入云，举着锋利的斧子
手臂抓住断崖
倒着生长的，倾听山谷的秘密和回声

这都是我无法做到和揣摩的
我停下来，无端地啜泣
一批批勇士向山谷倒去

呼啸声传来
我走在一条血肉加冕的山路上

乌　鸦

看到乌鸦的那一刻
先是惊喜，以为它们接到神的旨意
携带爱情和诗意而来
但是很快，我发觉自己的无耻和可悲
在一处乌鸦密集的地方
一只乌鸦被钉在冰雪里，连同坠落的姿势
连同骨骼，孤苦清亮的眼神
它来不及糜烂和陈腐
已被众多的同伴啄食
四顾茫茫一尺厚的大雪，一棵树都没有
哪怕有几枚瑟瑟的小果
点亮连续几日的饥饿
只有成群的乌鸦孱弱地盘桓
招魂楚歌

作者简介：南在南方，本名李莉，曾用名李南，吉林松原人。有作品发表于《诗刊》《星星》《诗潮》《诗歌月刊》《作家天地》《陕西诗歌》《长白诗世界》等。现在吉林省松原市前郭县长山镇政府工作。

寻君，万里（组诗）

致杨万里

乱云飞渡。谁信手涂抹天空，像信手涂抹一封
被历史的湖水反复诵读的来信？

万物临照。使我们因为不断失去才显得珍贵的事物
隐去得愈加平静、从容

我从远方赶来。千年前你八十岁的一天
掷笔一叹，那份新写的奏折墨迹未干

而你最终隐匿不见。这偶然的际会
漫长的黑夜，将用以纪念………

月 黑 望 天

仰脸望见一天星宿
如闲置棋子，东一颗、西一颗

而我这不谙棋局的人
自然不明白，它们为何闪烁

有一颗被突然移走
难道它败局已定

抑或布局者还在推敲？
那颗星的光华，瞬间也是千年

低下头来，我看到人间华灯齐放
千万盏灯火，各有各的明暗

万事已秋

夏日汹涌的河道
现在变得平静
苇秆挺立，而芦花兀自垂头
在时间面前
一切都会低眉顺眼
唯有美丽的翠鸟栖在一块
沉默的石头上
紧盯犹豫的流水
仿佛那位老者，坐在河岸
握着枯瘦的钓竿
太多孤独，使他将鱼钩甩下去
太少的理解，像狡猾的鱼沉在水底
不愿轻易被钓上来

后　来

我从一条停棹的小渔船上认出他来
两个像他一样天真的孩子
竟以张开的雨伞作帆，叫小船前进

他不禁驻足失笑
这本可以鹏程万里如今走在迁谪路上的人啊
这出走六十五年归来仍少年的人啊

幸好还曾有西湖与净慈寺愿留他过夜
像小荷，给予蜻蜓停歇一角的位置
像新市徐公店为黄蝶，铺展出无尽菜花

幸好还有吉水、赣江与恩江
大东山与文峰山，等他收了猛虎之心归来
老了老了，他还呈给我们最后一份奏折

心有花园

要砍去多少荆棘才能抵达自我的废墟
要花多少气力，才能从废墟中
辟出一块精神的领地
要挥锨深翻多少次，才能使内质松软
要撒下多少种子，才能培育出美与善的花草
要撤除多少藩篱，才能引来阳光和雨水
风的呼吸与鸟的歌唱
你才能成为婴儿，自由地爬来爬去
又要建立多少藩篱，以此阻止
骆驼甚至狮子的入侵与践踏
这真是一个悖论，心灵的花园
也只有一条小径允许进入，它特别崎岖
要砍去多少荆棘才能抵达

作者简介：苏末，本名王新宏。江苏作家协会会员，诗文散见《诗刊》《扬子江》《星星》《诗潮》《诗林》《青年文摘》《诗歌月刊》《莽原》《草堂》等。获第六届太仓七夕杯爱情诗全国大赛特等奖、首届闻捷诗歌奖三等奖，第八、十届“诗探索·中国红高粱诗歌奖”入围奖、诗刊社“小康中国·美好江苏”全国征文优秀奖。有诗入选《星星诗刊2018中国青年诗人作品选》《星星诗刊2019中国青年诗人作品选》《中国诗歌2019年度网络诗选》《2019年中国诗歌精选》等。

万里扬风杨万里（外一首）

一

你出生了。
南宋的钟敲响
我听见隐约是婴孩的哭声
在多灾多难的那个时候
悄悄起了一阵风
诗行、书斋、官帽上的翎
不知道是谁随着谁来了
总之，悄悄起了一阵风

二

你拜师，在一年年的风中
你求知，在拜的每一位老师中
从前人的字里行间
到现在的三言两语
当放下竹简望到窗外后
那一轮明月的坚守 也映出了你
明月光啊明月光
你看见影子在风里拉得悠长

三

朝堂已经成为战场 你激昂
不为了什么 百姓要活！
厮杀声已经越过河的这边
铁锈味把天也遮蔽
你登上故乡的舟
还家时垂手又垂首
泪水洒进涂炭的大地之中

风里传来远方几声呜咽

四

你最终回到了百姓之中
在吉山吉水间徜徉时
依然是声音铿锵的少年郎
大风起了，猎猎的旌旗荡开
你凝眸 数算这一生的时间
万里脚步踏出一阵风的长度
在历史里 在某一处脊梁里
婴孩早已经长成岁月的勇夫
一路踏过万里的风

吉水：坐在现代化的马车上

如果过去的功绩已经疲于提起
那么就开拓未来的蓝图
吉水，坐在现代化的马车上
拥着风向前一路行进

从新奇的言语里回神
于是踏入国际的怀抱中
当赣江遇见西洋之后
又增添了三分豪放的美丽

这山，到那山，到更远的山
风里的歌声都听清
——这是唤孩子回家的乡音
许下再远都要一起的誓言

找稻谷借一点生机
于是在田地里的笑脸也生动
向蜜柚讨要一点甘甜

去慰藉面庞坚毅的人们
拂去钢筋的压力之后
让心沉醉在山水画卷之中

把烟火从房间里放飞
看它在天空绽放
泥土上的守望被照亮
星星的燎原 拼凑出
一面红旗的模样

吉水，在吉祥的山水间
在全力奔赴的蓝图之下

作者简介：陈嘉慧，笔名陈酿，2002 年出生，福建省大田县人。现为福建省闽北职业技术学院大二在校生。2021 年 7 月 1 日，获得福建省文学院、福建省师范大学文学院、福州市作家协会主办的“百年峥嵘路，红色英雄诗”大学生诗歌创作大赛三等奖。

杨万里眼中的风物（外二首）

不看青山碧云，
不看流泉飞瀑，
庐陵风光，
被他记在心里，
化作点点墨香，
一笔一笔连着，
把眼前的画卷染透。

竹深树密，
午梦扁舟，
这是哪来的闲情？
只怪天生地养。
看！还有儿童追蝶，
稚子弄冰。

空

有人来，
有人往，
忽而发现，
两手空空。
天说不够无情，
于是山河摇坠。

塞外飘雪了吗？
心里着急起来，
急着，急着，
竟烧起一团火，
恨不得将一切焚烧殆尽。

可叹，
这寒冬的火光，
将会成空。

四季如此

春光的眸中，
藏匿着悲凉的秋，
夏池的风轻轻吹过，
试探冬的痕迹。

家与国，
该如何言说？
话刚要说出口，
又吞入肚子里，
没什么可说。

索性，
将半生浮沉，
埋入一夜孤枕，
就当了却。
纵然铁马冰河入梦，
待醒来，
又见明媚的春夏。

作者简介：陈虹，女，海南万宁人。

打开吉水这幅美轮美奂的画卷（组诗）

湴塘：一幅写意的水墨画

看山，看水，看村庄，是我闲下来的日常
一个叫湴塘的村庄，被我一次又一次走成了
梦里的故乡。我把它摁在一张宣纸上
就听见一粒鸟鸣，在庐陵大地回响——
一只鹰，在苍穹下盘旋
而我，正是这苍穹下行走的笔墨
风把历史送远又拉近——
柳阴、菜花、小荷、黄蝶、蜻蜓……
捕蝶的稚子、浣纱的闺秀、犁地的农夫、插秧的村妇……
南溪桥静卧如虹，血脉一样的溪水
汩汩流淌。一个古村落的千年时光
都被我浓缩在这幅写意的水墨画里
然后，我把它再一次摁进心里
她就成了我灵魂深处，一条奔腾的河流
一个诗歌的原乡

打开吉水这幅美轮美奂的画卷

请让我依次打开，吉水这幅美轮美奂的画卷——
从县城开始，林立的高楼把大地抬高了一千米
城东有大东山屏风一样雄峙，朝看云海翻腾
晚眺霞光万丈。城西那是赣江明镜似的辽阔水域
以及充满商贾传奇的燕坊、栗头和桑园古村
而从城北出发，走过坝溪渔村就到了固洲古镇
城南有景道不得，早有元标题诗文峰山：
“峰头有笔大如椽，一扫东南半壁天……”
还有凸显历代科举盛况的吉安中国进士园
再往南行，墨潭潭水深千尺，桃花岛上桃花红

看不够啊，我的大美吉水——
正如艾青所说：
为什么我的眼里常含泪水
因为我对这土地爱得深沉

湴塘有口莲花塘

我不说你不知道，莲花塘就是《小池》
泉眼还在，树阴依旧
小荷年年发，蜻蜓常常来
只是蜻蜓已不是当年的那一只
诗人不在
诗还在
今人竖了一块诗碑在塘边
我每次走近它，都会凑上去
然后把《小池》轻声地朗读一遍

先贤祠前的两棵古樟

先贤祠前的两棵古樟，高大蓊郁
气象万千。皲裂的树皮写满岁月的沧桑
树叶青翠，表面泛着釉光
风一吹，沙沙沙，婆娑起舞
蟒蛇般的树根，蜿蜒隆起
那是两个绿色的地标
信不信由你，树下写着杨万里亲手种植
我把它们读成一首绝句
在湴塘这块沃土上，吟唱了八百九十多年

御书楼的由来

话说一一八六年三月，皇太子赵惇大笔挥就"诚斋"
他端详了片刻，点了点头
他俯下身来，在左下角题上"赠侍读杨检详"
他把自己的得意之作，恭送给了老师杨万里
杨万里将赵惇的墨宝"退而宝藏于家"

后来还“敬刻之金石，以侈寒士千载之荣遇”
若干年后，杨万里居住过的小屋变成了御书楼
宋光宗亲笔题写的“诚斋”已制成匾额，悬挂于楼内
此后，只见文官落轿，武官下马的身影
穿过南溪桥，来到御书楼前
我傻傻地站着，仰望它高大、雄伟、恢宏的气势
像仰望一座丰碑

关于《诚斋文集》木刻板

一个数字令我瞠目
一四九一块木刻板，均为清乾隆年间刊刻
历经三百年时光，《诚斋文集》木刻板
已成为国家二级文物。文物我见过不少
这么庞大的我还是第一次见
我反复端详杨万里画像
山水画卷、亭台楼阁以及诗文
因为都是反刻的，好比雾里看花
有人想出一百万把它买走
村人说，给一千万也不卖
还说，老祖宗留下的东西无价
我们还要留给子孙作个念想

莲 花 山

莲花山与佛无关
莲花山因状如莲花而得名
莲花山是湴塘村人心中的莲花
莲花又名荷花、芙蕖……
莲花山是杨万里的一百八十九首荷花诗和两首荷花词
以及一篇荷花散文
莲花山是杨万里的肉身与灵魂的栖身之所
莲花山是诚斋体的青藏高原
莲花山是世界诗歌的珠穆朗玛

其实，我们是相向而行

元宵节的早晨，你走向菜市场
我走向种子店。其实
我们是相向而行。你拎回来的
是乡村的诸多味道。我拎回来的
是乡愁的一些细节
我知道，你想让我们大碗喝酒，大口吃肉
你不知道，我只想看种子发芽，以及它
破土而出的样子；多想婴儿的胴体
充满了生命的诱惑。你更不知道
我只愿它们像一群天真的孩子
无忧无虑地生长。长过土坷垃
长过杂草。长成春天
应有的本色

我想要的简单生活

大自然是一个大舞台
万物皆是它的宿命
春风十里
陌上花开
我不想万紫千红
也不要一枝独秀
如同春天的菜园里，白萝卜
开出一畦雪白
小白菜戴上金黄的桂冠

作者简介：陈橹，本名陈日明， 1959 年 10 月 12 日出生，江西吉水人。江西省作家协会会员，吉水县作家协会副主席。作品发《星星·散文诗》《散文诗》《创作评谭》《检察文学》《光华时报》《井冈山报》等报刊；入选《中国美文欣赏》《文人笔下的下七》《2017 江西诗歌年选》等多种选本。著有长篇散文专著《千年燕坊》(与人合著)。

人如其名：驾驭诗意，纵横万里（组诗）

一

一百三十三卷《诚斋集》，足以排成一万里
每一张页码，都凹凸不平
骨鲠在喉，吐之而后快
时光的嗓门一直在高声朗读，抑扬顿挫

二万余首，在心灵的天空布局
纵横几万里，分割乌云
一个阴晦的时代，因之有了星星点点的闪亮

二

浩然正气，可以直上九万里
屈辱的大地，借着他的壮怀透出一口气

词锋穿过阿谀奉承，直指奸佞
正直、恳切的词语，装着小分贝的雷声
直贯掖庭，以霹雳陈述忠诚
帝王软弱的部分，隐隐有些疼

三

有书万卷，孳孳矻矻跟着偏旁部首
行走万里，路上从不迷糊
从家传的数千卷上出发，他锲而不舍
从中拈出豪迈、刚正，并添加鞭挞、讽刺
与使命一起奔走呼喊，把豪放的卷面展开

深邃不去说了，即使是一个小小的叹息，也有万里长
从临安到绢州、江东，灵魂的苦旅一万里

从临安到吉水，心血流淌了一万里

《千虑策》，其实是一万滴血的浓缩
“君道”“国势”“治原”“人才”“论相”“论将”
“论兵”“驭吏”“选法”“刑法”“冗官”“民政”
像万里的大河，一浪推着一浪
三十篇，执意要从救活一滴水开始
救活一个王朝的一潭死水，直至乘风破浪九万里

四

从奉新开始，他的万里
就交出了所有的脚印、所有的跋涉
穿行在百家姓的中间，在最初的素材上伏案
斟酌着民生疾苦

放囚、宽税、不扰民……
他的诗，及时地发表了政见
音节铿锵，一个个姓氏被催出了泪花
呈着深情和美酒的梦想下跪
平平仄仄的名句，从此一万里一万里地传开

五

富贵如敝屣，他扔了一万里还远
贫窭、清廉，与金钱、功名不共戴天
他不允许它们挨在诗卷的身边

一笔一画，比刀光还寒冷
比万里还长，指挥着雄健奔逸的词语，列成长队
把那些所谓英雄的文字打败了，空疏迂阔的行间距
都萦绕他的回声

一篇篇，有万里浪的气势
胸中搬动磅礴，把一些临时拼凑的城墙攻陷了

你看，“书”“策”“札子”带着深沉郁愤
一直在江、淮间往来，不止万里
多少金戈铁马，都愿意听听他中肯的发音
遗憾的是，那些被昏聩捂住的耳朵，只听自己的私心

六

伸缩自如，他的诗
从一万里开外缩回到吉水

不能成为帝国的喉咙，定期发布“宋诗”，深情反映帝国生活
就在月光、飞鸟、柳花、秧苗布置的行间距种菜
养花、饮酒、看书
挤出来的路，很宽阔，足够归去来兮

七

其实，诗是他流动的家园
把愤懑安置在平和之处，将傍人篱下的陈言
赶出卷外，把清风流水和稍纵即逝的时光捕捉进来
建一座诚斋，既能容身也能安容心
更能与村居、田园、山水拉近了距离

散淡、透脱、圆美、自然活泼的诗句
被他差使得“滴溜溜”地转
大呼新、奇、活、快
欢笑声，在一万里的范围内，都能清晰地听见

千年之后，无数眼光闯进去
寻找着平易自然、清新活泼的生活
更有偏旁部首在“诚斋体”的屋檐下安脚，代表故乡把座位争抢
听他深婉地讲述着幽默诙谐，听他一路走来带起的风声

八

人如其名。而用万里
是不够衡量他的胸襟气度，不够衡量他体察土地万物的眼力的

“笔下何知有前辈”“传宗传派我替羞，作家各自一风流”
在万里路上走着，他独辟蹊径

多少笔画学着他驾驭诗意，把万里再加长
最终，万古也将成为行间距

作者简介：陈忠龙，中国诗歌学会会员，福建省作家协会会员。诗文千余首（篇）见于《人民文学》《诗刊》《作品》《中国铁路文艺》《星星》《杂文报》《雨花》《北京青年报》《江西日报》《湖南日报》《贵州日报》《福建文学》等百种报刊，作品入选各种年度诗文集。在《人民文学》《诗刊》《星星》《诗歌月刊》等举办的各级大赛上多次获奖。曾获《北京青年报》“孝友会”征文特等奖、《散文选刊》“莲花·廉洁·青年”全国征文一等奖、福建省作协首届全球妈祖文化征文大赛一等奖、重庆市文联“风情双桥”百名艺术家诗文大赛一等奖、《人民文学》“古贝春”征文一等奖、首届杜甫国际诗歌大赛二等奖等数百奖项。

在敦煌，体验杨万里诗情（三首）

沙河梦荷

连天的莲叶映日的荷花
在千里之外西湖净慈寺旁
一幅大红大绿的画卷
自然的妙趣天成
诗人的妙笔传神
让人倾心心波难静
常常在梦中的沙河
浮现如此奢望的意境
雄鸡报晓窗外仍是沙河荒凉
大风刮起眼前一片迷茫
一场梦做了三十年
一夜春风吹柔大漠
一朝沙河碧波荡漾
梦中大绿大红的画卷
烘托敦煌已愈十年
今天，绘画师已回海河
画卷岁岁装点党水清波

荷立蜻蜓

夏日的敦煌
莫高窟、鸣沙山、月牙泉
艳阳高照游人如织
夏夜的党河风情线
清风习习清香扑鼻
游人荡舟漫步赏荷
尽享大漠水乡的惬意
清晨，朝阳映照的荷池

亭亭的荷叶撑起
含苞欲放的点点新荷
有好多蜻蜓起起落落
让荷池洋溢一片生机
大人们拍照孩子们观望
突然一位小姑娘朗诵
“小荷才露尖尖角，
早有蜻蜓立上头”。
清脆圆润的童声飘向荷池
蜻蜓一个个次第驻足

少年捕蝶

三十年前
一段诗意的浮现
乡下庭院中的菜园
茄子、辣椒、西红柿正在开花
好多花蝴蝶来凑热闹
绕着菜园飞上飞下
正在凉棚下做作业的少年
突然放下铅笔拿上套网
轻轻地走下菜园
左扬右扬上翻下翻
两只花蝴蝶落入套网
少年高兴得像小鸟一样
纳凉的爸爸触景生情
翩翩彩蝶恋菜园，
引得儿童网捕欢。
丝路敦煌佛国地，
童心可爱入诗篇。

作者简介：李茂锦，笔名景峰。中国作协会员，敦煌市文联副主席、作协主席。勤于笔耕，收获颇丰，诗歌、散文、小说形式多样，内涵丰富，文笔朴美，雅俗共赏。

风物雅集（组诗）

过杨万里诚斋

他已将自己归还给吉水、南溪
名字如一句谶语，万里归乡
落霞秋水一路相随，是怀揣的唯一盘缠
车马尘烟，将余钱万缗甩在江东官库

白瓷盏轻晃，南宋山河飘摇出最后的风华
两鬓霜凛，他已咳尽满腹郁愤、悲悯
仍无力驱赶一个王朝欲来的风暴
收拢诗卷，幽屏刚硬与针砭的锋芒
诚斋无风自凉，他衔起一枚双井茶芽片
茶瓯氤氲，春昼与夏夜构图为诗

半壁江山危悬、百姓于江湖出没险恶
而诚斋，只余清风敬他的一杯薄酒
一个逐渐平静的诗人，拒绝庙堂的屡屡诱惑
青梅酸甘、少年在春事里追逐柳花
一位士大夫，比一位农夫更熟知田园、鸡鸭

花堤涨潮，黄栀的清新连缀起诗词韵脚
一个朝代的挽歌
终究比一朵夏荷的露珠更短暂
风骨忠魄，已在华夏的诗性里奔逸出坚朗的脊梁
而吟哦的庄严，辗转千年，赣江深流
追着新时代的活泼步履
鸣啭出古老自然从容深邃的诗情

寒山寺

古樟听了一天木鱼笃笃
除夕夜，两两在照壁旁打坐
寒山寺，钟声破空而来
这钟实在太过古老了
铭文，沐浴南朝烟雨透出隐隐锈迹
飞天图，俨然盛唐遗落的一瓣莲衣

突然，藏经楼传出诵读禅诗的动静
莫不是寒山与拾得正忘机而辩？
缓缓推开殿门
只有风过西窗
题跋在石碑的肌理雕琢了和合的内核
屋瓦湿苔参悟到生死不灭的半句偈语
银杏拽托一百〇八个梵音，簌簌而落

一枚冰白的残月
夺眶而出，朝枫桥船头奔去
张继惊起，青衫落满乌啼
洗砚、挥笔，摁下一枚结霜的印章
人间万千离殇，不过尺素数语
大运河从此滂沱了千年诗意秋水

红海滩

这绛珠仙草才有的绯红
是何种因缘、道法，让她们隐匿辽河沃野
涨潮为海，落潮为滩
渤海与陆地互通心意，诞育第三种地带
红云到访，为候鸟筑起归宿

左心室，是碱的冷焰
右心室，是盐的苦渍

这纤细、坚韧的苗株，历经劫难
紧紧抱住彼此娇小的身躯，相互慰藉
噙住泪，直到红色的血管有了深紫的暖意
自然，为何在所有植物中
独爱编织这一抹红色的梦

渤海鲸落，稻花葳蕤
丹顶鹤穿越螃蟹丰腴的矩阵
寻觅、服食翅碱蓬的草籽
叶冠瞬间生出欲飞的羽毛
她们馥郁的呼吸
牵引栈道的诗人心跳不已

雪　莲

博格达峰面颊莹白至透明，漂浮云层
雪豹咻咻喘息，蹄印丈量出雪线纬度
冰川的利刃将时空切割分明
尘世的猎人抵达极寒幻境的边界
终于，勒紧缰绳，黯然退回草场

天山北麓，腑脏冻出钻石的硬度
衣袂轻盈的神女，已在雪峰的子宫轮回五年
七月，空灵的牧歌在山脊起伏
八月，纯洁的圣体就圆寂于一片雪花
稀薄的氧气，苦寒的孤绝
迅疾而清冷的一生
仿佛只为杜绝高贵被冒犯的危险
她恪守的静美，总让人心疼落泪

肉身滞重，怎能谒见她的清傲魂魄
一缕残留她体香的丝绢偶然坠入人间
在药店，隔着为她置办的精美衣冠冢
依稀想起一个叫岑参的诗人，在交河故城

雪夜里，醉梦中唤起她的芳名—优钵罗花

张 家 界

平淡的一生里，你总要在张家界的诗境抒情一次
深谷峰林千仞齐发，砂岩峻拔似春秋笔法
撰录三亿年地壳迁徙、寰宇裂变的璀璨史诗
溶洞抚热色谱斑斓的子房，黄龙脱胎、召唤星群
十里画廊生出婉约翠蔓，押住王维、沈从文行吟的韵脚
八百丽水照镜弄影，应验此间是画家、佛陀的桃花源

绿的生机沸腾而自由，恣意抱住山势、云涛
绿有汪洋般的载体
它历经雪峰、印支、燕山、喜山四场远古鏖战
转世为武陵松的根系、香榧的枝丫、银杏的白果
有时，植被葱郁的耳蜗被雀鹰唤醒
化身洁白的云海、云雾，与山壁嬉戏、交换梦境的启示
静如处子的花朵被云彩衔上蔚空
自然温煦的呼吸律动
依稀辨认出金缕梅、山茶幽香的魂魄

蜿蜒的清溪为山居精灵的宝石瞳仁补色
月辉初现，采撷蜜露涵养飘逸长发
以至误入仙境的行人，衣袂也镀上青玉温润的绿意
谷底起伏鸟虫的秘语，大鲵偶发脆鸣
生怕惊扰金鞭的入定
万物静默如石，守护毓秀神迹

红尘在凤凰古城隐去浮躁气息
澄明的欢乐随大地秋色涌向心尖
张家界，万般抱憾皆被你的至美疗愈
遇见你便是与永恒邂逅

黄石寨

在黄石寨，你唤不来一匹骁勇的黄狮
罗汉倚天面南，颔首而坐
擎开掌握一切奥妙的五指，将其度化为一座万年雄峰

苍云翻涌如星球初生掀起的惊天巨浪
翠峰烟岚托升起摘星台，贯通幽谷与云天的梯度
佛道、诗家的谶语就篆刻在天书宝匣，半掩半悬
等待世人逐一揭开谜底

杉林、雨雾是它旖旎的体态
天桥飞虹的是它玲珑的巧思
南天一柱是它锻造亿万年的龙骨

花溪峪，清泉潺潺找寻投奔古枞的路径
顽皮的猕猴是奇石孕育的孩子
总试图从丹葫芦中摸出张良的仙丹
熏染杜仲药香的习习山风里
一只涅槃而生的凤凰破岩而出，展开金色披羽

太　湖

这是梅雨疲沓的一天
水鸟、游人、船只隐遁于地平线之下
太湖是我一个人误入的牧场
一个西北女子，五官轮廓被北风雕琢得生动立体
在南方，总被人好奇打听起血统
仿佛一枚雅丹的遗珠落入太湖石堆砌的园林

湖面的莹白、天空的旷白，湖岛起伏的黎青
色调如米派的点染法，惊退不知深浅的云霓
芦苇家族，唯一的牧湖者
以部落的形式世代栖息于此，静静养育这震泽之泪

太湖的空与素，太适合回溯旧事
西施与范蠡，星夜隐居于一株芦苇的躯干
千年后，芸娘吹奏这枚芦笛
将太湖的宽广植入沈复的余生

作为从诗经里走出的牧湖者，他们已放弃蒹葭的古雅
以更现实粗犷的名讳繁衍
湖笔般的毛发奔逸出犀利的美感
贪婪、愚痴的蓝藻与泥沙被纳入笔直线条
析出流动的蜜与清澈的水云
所以太湖是甜的
银鱼、白鱼、白虾变幻出纯白清甜的体态

牧湖者，沙与水融合而生
因鄙夷争荣吐艳的愚昧姿态
便避免了花事繁茂后的背叛
这超脱一切荣生的慧悟
使他们携太湖在尘世安然隐居

西　湖

西湖于我，只剩手机中的一张照片
弹奏琴阮的杨柳、无人执桨的扁舟
只有我是静止的

十月，杭州是北方的夏天、南方的冬天
傍晚，古今游人长出尾鳍，化身洄游的鱼群
游过断桥、苏堤，在花岗突出重围
蓦然发现，十景即是百景，十景也是无景

傍晚的水雾锁得雷峰塔空无一人
白娘子和小青柔软的腰肢，正盘在一叶游舫的舷底
苏小小采了枯荷做发簪，绾了一头墨发
西湖，在旧时光的戏台上，看了几千年的故事

睡意渐浓，几幅字画散落在手边

苏东坡披月白的襟袍，轻扣林风眠的窗棂
一只蝴蝶穿房而出
牵起他的须髯兀自荡起了秋千

意象大峡谷

你不动声色
云朵经过肩头，竟被染成青灰烟尘
午后看不见风，风却走了亿万年

饱满的躯体已焙干，青黑色的骨骼嶙峋成铠甲
雪水舔舐出触目的肌理
沟壑掩埋沟壑
时间落进去，尘埃落进去，牛羊落进去

草原上的针茅轮回几世，你不能，衰老只能镌刻壮美
可是，缄默中捂住寂寞才真高贵
已在河谷抱膝而坐上亿年
宇宙被四季的油画吸引，万物在身体的凋零收拢
心脏修炼成一枚戈壁彩石

只是，赴约者隔岸的一次振臂
突然令你鼻息一酸、心头一疼
于是，掬一捧清凉的泪水洒在谷底
从褶皱里摸出阳光

你沉静如原上葱茏的蒿草
怀抱数亿年清澈的光明

作者简介：兰晶，现任职于克拉玛依市文联。近年来，主要从事报告文学和诗歌、散文创作。参与编辑《玫瑰诗简》《荒原筑梦——克拉玛依城市工匠纪实》（共三部）《克拉玛依文学》等文学书籍和刊物，并参与相关创作。有作品在《西部》《天津日报》《参花》《回族文学》《长江诗歌》《新疆石油报》《克拉玛依日报》等刊物上发表。

在溦塘听南溪[1]水流（外五首）

不见御书楼
瞩目笔架山
扶廊柱
南溪桥上
静听　流水古典的乡音

仿佛长长短短的雨丝
轻轻碰落
青花瓷剔透的言辞
好像深深浅浅的分秒
粼粼弹拨
古琴弦悠远的记忆……
露珠般的消息
缕缕滋润思绪的领域

一只蜻蜓
荡漾若有若无的书声
嫩嫩荷香
沉醉抑扬顿挫的诗韵
啊　南溪
是你在清纯诵读
“接天莲叶无穷碧”么？

面朝湴塘，重读《小池》

面朝湴塘

---

① 南溪，位于江西省吉水县黄桥镇湴塘村东南方。上有南溪桥，始建于南宋，系南宋爱国诗人杨万里从故居通往桥头御书楼和对面南山（又名笔架山）天柱峰的过往通道。

翻开南宋的时光
跟随杨万里笔迹的墨香
重读《小池》诗行

耳朵　伸进泉眼的乐谱
聆听细流清唱
粼粼乡音
就像松下斋[①]里
少年孤吟苦读的书声回响

视线　融入荷韵的风骨
采撷葱郁成长
尖尖意气
犹如剑刃的锋芒
镌刻铿锵步履的指向……

轻吟舒舒缓缓的晴柔
咀嚼平平仄仄的跌宕
我　与一只早到的蜻蜓
张开崇敬的翅膀
静静沐浴
“诚斋”[②]的浏亮晓畅！

杨　万　里

从湴塘到官府
由官府到湴塘
路　羊肠而崎岖
寻吟诗笔
你　很“诚斋”

① 松下斋，即松下斋书院，杨万里少年时曾在此孤吟苦读。
② 诚斋，杨万里的号，也指他独创的“诚斋体”诗。

二万余枚平平仄仄的思绪
以阳光的品质
孕育一束刚性极好的银须
撒在历史的巨盘里
顿挫一串昂然的浩气
抑扬一个铿锵的梦境
于是　凶焰战栗
虎狼心惊……
秦桧颓丧着躯体
匆匆转身离去
岁月　用厚重的精神
诵起你洪亮的笑声

声波悠悠　串起
八十载春秋
浓缩于故乡的小池
许多人临照
之后　崛起一片尖尖小荷
力感清晰……

读　泷　江[1]

舒缓起伏的欲望
丈潇泷河悠远
测明德水清亮
目光　从一声鸟鸣中滑落
融化于母亲的慈祥

划开泛金的朝阳
吟萧山绵延

① 泷江，江名，位于江西省吉水县水南镇

咏层林碧浪
轻舟　冲不出大自然的画笔
溅飞几行绝句回荡

抛撒千眼渔网
捕捉文昌[1]琅琅华章
打捞“五里三状元”盛况
向往　将青铜般的故事
擦出霓虹一样的时尚！

在乌江，赏油菜花开放

溯邹元标故事而上
一片乡音
起伏金黄金黄的波浪
蜂蜜的韵味
饮醉贪婪的目光

随春意荡漾
向往　摸不着田园的边长
阡陌之间啊
哪是花蕊的芳龄？
哪是岁月的诗行？！

掬一泓嫩香
映照鉴赏的滚烫
成色的锋芒
喜悦的分量
朝霞般圆满梦想

啊　油菜花

① 文昌，指文昌书院。

一枚精致的大自然勋章
从容佩在
乌江宽厚的胸膛！

仰望一只蜻蜓

从童年水嫩欢笑的枝头
从南宋杨万里诗句的小荷尖上
从江南层层滚动的稻穗浪里
一只七彩的蜻蜓
迎面飞来……

朝霞的容颜
温暖时序的脚步
滑翔的姿势
孕育愿景的成色

展翅追寻的空宇
一片深秋的殷实
以玛瑙的喜庆
停落于
我含苞的心灵……

作者简介：岚涛，1963年5月出生，江西吉水人。中国诗歌学会、中国金融作家协会、中国乡土诗人协会、江西省作家协会等会员，吉水县作家协会副主席。作品散见《世界文艺》《光明日报》《诗刊》《作家报》《中国文艺》《名作欣赏》《长江丛刊》《星火》《金融文坛》《黄河文学》《当代小说》《香港诗刊》等报刊，入选《世界华文诗选萃》《世界华语诗人代表作选》《中国作家名篇欣赏》《中国当代经典诗选》等选本，曾获多种文学奖项。出版诗集《人生驿站》《岁月风铃》《时光回音》等七部。

桃花李花飘成雪花飘成火种（外一首）

夜幕来临时
来自察哈尔草原的马群
就显露在星空。我牵一匹马来到千年庐陵

在吉安·中国进士文化园
杨万里先生吟着小荷才露尖尖角由远而近
从红壤的土种中穿过水田离开油茶林
猎过吉泰平原走向大东山
从南宋东园桃李看尽桃花把自己放入雪巷

我和我的马就这样感受着庐陵文脉相传的灵言
那一巷的雪不是长在枯草枯木丛
它们在平仄的书行飘扬
在状元进士文化的土壤里生根

从千万重山见复遮的骨头中长出翅膀，无限蔓延
如漫天星宿覆盖穹庐，点燃了就没再熄灭

庐陵文化盛开大地

在庐陵，天穹泼洒楚越农耕时月光
星子是苍穹无数石房的灯火
飞溅在文章节义的青铜器皿中
覆盖荒蛮的宇宙，摇碎在钓源水塘
斑斓生长了燕坊的牌坊

据说开了灵的生命物
便可吸取天地间的灵气
这里有灵力，它们转化成：

一门三进士、隔河两宰相、五里三状元、十里九布政之卓之越之才

名垂千古（欧阳修、文天祥、杨万里、胡铨
刘辰翁、解缙、周必大、杨士奇、罗钦顺、罗洪先）
政治家、思想家、文学家、史学家、科学家验证着
“翰林多吉水，朝士半江西”
这布满夜空的星子传递天地间灵气如诸神居住庐陵左右
散发“浩然正气、天地雅气、草根灵气”

这夜我徒走在渼陂古街，天地万物中
风吹来的清爽足以让我感受到
凡村私塾朗朗的诵读声声迭起
是空中的一部分

作者简介：高金鹰，女，曾用笔名雪孩。民进会员，中国诗歌协会会员、内蒙古作家协会会员，呼和浩特市诗词学会副主席。1985 年开始在《草原》《诗选刊》《飞天》《星星》《延河》《雪花》《中外妇女文摘》《这一代》《内蒙古日报》《新世纪诗典》等报刊发表作品。1992 年组诗入选《中国大陆青年抒情诗选》。曾获第二十五届全国“东丽杯”鲁藜诗歌集三等奖、第二十八届单篇二等奖、鄂尔多斯那达慕全国原创诗歌优秀奖、2019 年和 2020 年两届中国张家界国际旅游诗歌奖、获弘扬蒙古马精神全国征文散文优秀奖等多项全国奖。

在溠塘邂逅光的诗词（外二首）

无数的灯光相约
在漠漠水田之陂　在阴阴夏木之隅
此刻和黄桥风情紧紧拥抱
当万千光华遇见千年荣光的古村
溠塘就有了迷致的光谱
旧时模样　现世场景
在这里大放异彩
万里诗画的纵情绽放　在这里如梦如幻
灯是浅浅天河边　牛郎织女提着的灯笼
灯是春江花月夜
灯是晴窗风雨夕
光是南溪桥的红罗襦
色彩斑斓光珠穿廊挂壁　闪烁着当年童子学书灼灼光华
光是御书楼的紫绶带　传递着宋时诚斋诗体的清新自然
光是笔峰阁的小荷尖尖
光是云卧西岳的篱落疏疏。
光在这里泛起寄情田园又心雄万夫的波澜
等待吟唱在诗词歌赋和社稷黎民之间的杨万里挥毫着墨
灯光汇聚一起就是杨万里的清雕诗板
灯光行走方向就是理想　是深邃信仰
灯光是文章节义的不夜星辰
灯光是光明与黑暗两际的分界
灯光是这座城市的大步流星
是四区融合板块的锻造炉温
灯光是内心渴望生长的发际线
是诗化的语言　是奔跑的速度
灯光是跨江融城的姿势
灯光是绿色崛起分娩的生命
灯光是南宋杨万里一盏八百九十五年的火苗

照亮着这方热土的日月晨昏
邂逅光的诗词
给自己一个拥抱未来最好的理由

我爱你　吉水

当灿烂的太阳跳出了你东山的云波
你的滔滔向北的赣江早已是桨声如歌
当你的墨潭片片桃花催白浪啊
你的一碧万顷沃野到处洋溢着盎然的春色
我爱你，吉水！

我爱你石莲洞的清幽静和
金滩燕坊的香樟婆娑
泷江山水的清奇秀丽
九栋十八厅的神秘莫测
我爱你，吉水！
我爱山古佬茶的清甜
尚贤高粱酒的纯浓
八都板鸭的酥润香远
水南腐竹的甘醇绵柔
我爱你，吉水！
我爱你万华山的春风吹拂
大垇吊脚楼前如水的月色
文峰的葡萄螺田的瓜
卧虎岭的荷花就像杨万里笔下飘出的蜻蜓立上头
我爱你，吉水！
我爱你青年人的热情奔放
中年人的深沉不惑
孩子们天真烂漫的笑脸
老人们舞姿的婆娑
我爱你，吉水！
我爱你文章节义蕴藏的铮铮铁骨

我爱你两个一百年唱出的新歌
我爱你时光里那厚厚的历史
我爱你征途上一日千里的烟火
我爱你，吉水！

我爱你跨江融城驱走了发展滞后的寂寞
我爱你创新、协调、绿色、开放、共享传来的电波
我爱你抗击疫情战胜新冠肺炎的喜悦啊
我爱你五型政府只争朝夕不断寻求新突破
我爱你，吉水！
多少阴晴，多少离合
多少舒缓，多少壮阔
我爱你栉风沐雨谱写的诗篇
几番耕耘，几番收获
几番荒芜，几番蓬勃
我爱你勠力同心浇灌的肥沃
几多欢乐，几多枯涩
几多失落，几多赢得
我爱你崇文正气塑造的性格
我爱你放眼天下的胸怀
我爱你做大做强的气魄
我爱你行稳致远、励精图治跳动的脉搏啊
我爱你，吉水！
吉水啊，我的大吉水
回眸你的过去
面对你的今天
展望你的未来
我们思虑，我们焦灼
我们奋发，我们开拓
我们努力，我们探索
我们跋涉，我们拼搏
我们要让你的四区融合成为新的格局
我们要让你在大美吉水新画卷里丹青水墨

我们为你自豪
我们为你骄傲
我们热爱你呀，吉水！

你是怎样的一个你

你是怎样的一个你
廷秀、诚斋、杨万里
从城头变幻大王旗
到映日荷花的黄桥故里
你的一生
就是彪炳千秋的历史跫音

你是怎样的一个你
寒门呱呱落地
师从王庭珪
从羊狮慕那壁立千仞
到诚斋集的飞入菜花无处寻
你的一生
就是淡泊忧民的顿悟修行

你是怎样的一个你
进士登第　治理奉新
赣州司户参军　广东提点刑狱
视万贯钱财如粪土
而老屋一隅仅避风雨
你的一生
就是忠君清廉的不染风尘

你就是你
不忍看外族狼子野心
千策论直中取
习惯于乡土乡亲
小池诗抒胸襟

你就是你
干戈烽火梦里犹记
百姓情怀取酒独倾
在那一块块雕板的坚挺里
安放着诚斋体的灵魂

那是怎样的灵魂
是行走在时空中的青衫布履
是呼喊在战鼓声的铁蹄铮铮
是御赐“诚斋”的笔墨垂青
是换得东家种树书的返璞皈依

那是怎样的灵魂
是南溪桥的书风习习
是御书楼的诗情熠熠
是位卑不敢忘忧国的赤子之心
是文节不改，虽江湖之远的则忧其君

你就是灵魂
尔来八百九十五岁
一半是火焰，一半是海水
如星火燎原，如怒涛荡云
然后
一半交给历史　一半付与牧童短笛

你就是灵魂
纵使千秋万代
千年未曾孤独，万世还是当初的你
如皓月当空，如洪波涌起
如今
那隔一庭修竹的十三夜
依然是诚斋王国的清辉……

作者简介：江枫，本名刘建中，供职吉水县委政法委。中国散文学会会员、江西省作家协会会员、江西省楹联家学会会员、吉安市作家协会报告文学专委会副主任、吉水县作家协会主席。

诚斋先生[1]的故园风雪（组诗）

先生的花

清风抽出画笔
拖拽着柳叶在赣江上迤逦

都说妙笔能生花
诚斋先生的笔的确如此
横钩撇捺　素笺墨香
梅花　荷花　荞麦空花
倒乱了四季时空　吐艳斗芳

先生说
倘若不能寻得那份独属于自己的绿荫照水
便将这千万诗稿与忧思复扰一一焚尽
以书香葬花香

书墙外的月

这个屋子有两层墙
一层木墙　一层书墙

推开竹窗
吉水的月光濯濯如清泉
赤子手边的书翻了二十四载[2]
枯黄的一页一页堆积成满腹经纶
是时候大展拳脚了

①杨万里，号诚斋，自号诚斋野客。孝宗亲自将其升为东宫侍读，太子赵惇亲题“诚斋”二字赠给杨万里。

②杨万里早年多次拜他人为师，绍兴二十四年（1154年）举进士。

不论庙堂与朝野
不论青丝与白发
朗月照进千家万户
世人的心野一片光亮

吉水的风

燕坊古村的风是停着的
吹不来秋瑟与冬残

这里的文人骚客从来是不缺的
他们总爱从古柏怪石中引渡出文章来
拉长的思绪总是分外精纯
盼　笔与刀枪共刚强
代代挺俊杰

将千山秀娟踏遍
依旧心头故园锦绣
提笔　复弃笔
两万首诗篇写不尽　吉水风情与悠悠

作者简介：茅爱霞，女，1988年出生，江苏盐城人。闲时动动笔，偶得一两个小奖。

庐陵之恋（组诗）

庐 陵 之 恋

晴空万里已慢慢变成薄雾笼罩的灰
夜幕再次垂荡人间，天光正被收敛
你面部的光芒在迅速流失
变得无法辨识
我该起身了
赣江水已沸腾，越过两岸粗壮的榕树
一路向北，颠倒奔突
“咚——咚——”
如热恋中人们强按胸中的炽烈心跳
如蜿蜒回肠中，越来越密集的惊雷
如云霭深处暮鼓层层绵密地响起
持续和蓄积，不只是通向巨灵的那一刻
万物循序发展，浪花在崖前
刹那间九百次的生灭，皆是遵循了谁的旨意？

初访杨万里故里

彻夜不息，赣江水奔袭了千万里
从黄竹岭到张柴洞
上天门，沐烟霞
你在诗中写下多情的白鹭洲和
幼龄的针叶林
下过雨的庐陵城，空气清冽冽的
犹在透明的玻璃城池，我们试图
在寂静中还原你，想象你看着落日
催遍万树暮蝉的那一日，那一刻
血是热的，酒杯是空的，经验是不可靠的
雾霭、天光从胸口倒灌进来，这自由又霸道的美

将我们洗劫一空。又将繁复的大千世界和
面目清朗的六道众生重新定义
混合着你的气息，还给我们

我是湴塘村带着余温跳动的一部分

不知道一只蜗牛是怎么想的，每天挂在湴塘村的
一荚花生上累不累，会不会挂着挂着，就睡过去了
被风吹干了也不曾发现。一觉就睡了千年
或在更遥远的岁月里，在接天莲叶中重生
不知道荷塘边两棵樟树会不会有爱情
会不会看见风里的另一棵就忽然地爱上
站在时间长河中回眸杨万里的宋朝

从南溪桥下挖出的石头，被扔在东南
旁观着一村人出生与衰亡。坚硬如铁，没有心思
仿佛和世界没有一点关系，哪怕挡住了一窝蚂蚁觅食的去路
哪怕阻碍了一棵狗尾巴草垂直向上的生长
哪怕有两只瓢虫在它身上，光明正大地恋爱……
再大的风也磨损不了它，千年，万年静默着没有丝毫应答

很多时候，树和石头，村头地里的土坷垃，泥沟沟
头顶呼啦啦飘过的万里白云和斗转星移的四季
谁也缺不了谁，纠缠不休又疏离

泉眼无声，涓涓细流，没有蜻蜓的下午
我想自己是一朵荷花，也可能是只正在吸蜜的昆虫
或是虫子含在嘴里，舍不得咽下的那一口

在夜晚侧身躺下。我不确定有没有带上我的肉身
回到湴塘村的万物中。波光颤动的湖面
忽明忽暗地照耀了我。人类遗落在河底的宝藏
沉睡着惊人的秘密。黑暗、饱含河水的老树洞发出惑人气息

河的对岸是宽阔的农田，高处零星散落着几个坟堆
有人穿越了它们，割回半把韭菜；有人撒网捕鱼，野舟横渡
打雷的夜晚，能看到明明灭灭的星火
那是故去的诗人发出的微蓝火焰，是他用烟尘里最后的面目
继续和我们一起在村庄里生活的虚无证明
在四季里耕作的人换了一茬又一茬
他们的汗水流落在庐陵大地，他们的子孙生生不息，守着风水宝地
风吹开土层里的种子，也把幼小的孩子吹成满面皱褶的老人
最后吹成了灰，才在河岸边停下来歇息

而我醒来的时候，雄鸡已唱过三遍。我把梦里的事情再思量一遍
明月低垂的湴塘村，我是它还带着余温跳动的那部分
而湴塘村于一代诗宗，是不可或缺，无法穷尽的疼痛复刻和缝补

作者简介：林火火，本名钱云玲。作品见《诗刊》《诗潮》《诗选刊》《诗歌月刊》《扬子江诗刊》《十月》《青春》《诗探索》等，2016 年参加第三十二届“青春诗会”，2017 年参加第七届“十月诗会”。著有诗集《我热爱过的季节》。

旭日夕阳（外二首）

是夕阳
还是旭日
取决于你所站立的位置
若你置身云雾缭绕的大东山顶
便不会为遮蔽旭日的群山所迷惑
若你身处平平无奇的杂草丛间
便不会为沐浴夕阳的桃花岛所震撼
当他们着眼于夕阳落下后的无尽黑暗时
你可要记着
令视野穿过遮蔽旭日的群山
让灵魂跨过流逝的时间
奔向那吉水
去见一见诚斋野客
便可知
纵然身已成夕阳
心仍可是旭日

是 时 候 了

是时候了
打破这手铐与脚镣
撕碎这桎梏和屏障
去到那里
掬一口解缙豆花暖胃
饮一壶吉水冬酒润心
是时候
吞吐出那年那月那日的
透月窟之气

独　白

此时的你
是在惆怅世代末路
还是在悒愤城市峥嵘
其实这都不重要
白鹭洲书院的故事已然上演
你该卸下
所有
欲盖弥彰的掩饰
冠冕堂皇的伪装
聆听他们的呼唤
触动纯粹的本心
避免世间任何的错综与复杂
将独白肢解成不可解的诗句
此时的你
便是现在的我
这是我的独白

作者简介：吴璇，女，大一学生。从小喜爱读书写作，擅长主持、唱歌、摄影、二胡。已发表习作五十余篇，曾获第二十二届“语文报杯”全国中学生主题征文比赛一等奖、“语文综合水平测试大赛”二等奖、第六届扬子晚报杯作文大赛二等奖。

站在大东山上，望见大美吉水和杨万里故乡

一

峰峦叠嶂，乱云飞渡
站在吉水县最高点，大东山给我三百六十度视角
望到北新码头，吉水最低处
也望见吉泰平原，一个盆地底部
在二千五百多平方千米土地上，河流纵横
不变的江山，沿着来路
望见每一个历史瞬间，都是天翻地覆
狭窄破旧的小城一去不返
塑造一座滨江新城，美丽时尚
望见一湖两江，五桥齐架
老城区升级改造，城北新区拓展
涌现精品小镇、特色小镇、商贸重镇
生态宜居，城镇面貌焕然一新
望见江南水乡，山中人家
低矮破旧的土坯房，坑洼泥泞的羊肠路
永远消失在历史的烟尘中
移民新村成为亮点，青山绿水记住乡愁
望见吉水工业重点突围，迅速崛起
望见现代农业产业园，文旅融合
望见有序的道路交通，靓丽的住宅小区
浓厚的文化气息，完善的教育条件
健全的法制保障，便利的医疗服务
基本医疗保险、社会养老保险从无到有
民生工程已经落地，硕果累累
望见吉泰走廊建设中，脱贫攻坚路上
广大干部作风大转变
争创省级文明城，争创国家卫生县城

城乡人民自觉行动，争先恐后
望见吉水速度，共享吉水发展方案
登高望远，吉水前程锦绣

二

站在大东山上，还会望见更远，
吉水建县已有一千三百多年，庐陵文化起源
望见一门三进士，隔河两宰相，
五里三状元，十里九布政，九子十知州
如此人文盛况，先贤辈出
走出杨万里、文天祥、解缙、罗洪先等人
望见桃花岛，一处生态观光果园
望见鉴湖公园，民间文化与历史文化标杆
望见石阳古城，走进新石器时代
望见燕坊古村，明清建筑、古树、池塘
望见一座吉水名书院，南麓斋
望见八都毛泽东祖籍游览苑
望见水南公略县苏维埃政府旧址、怀德堂
望见杨万里故居和古墓，位于湴塘村
保留着杨万里著作木刻板、南溪桥、御书楼
终于望见杨万里公园，一尊塑像
顶天立地，这里才是我的终点
望见我心目中的男神，吉水形象代言人
一名文士的勤奋和情怀，为官与人为善
广交天下朋友，一首首赠诗
一篇篇祭文，一次次上书
在庙堂与江湖之上行走自如
做到了不以物喜不以己悲
也做到了先忧后乐，天下为公
告老还乡，临终从容，生死明白
读书人追求，立德立功立言
写下两万余首诗作，可惜现存四千多首
一身正气和美名，堪称吉水人的楷模

忽然，我觉悟了吉水进步的根源

三

人生一世，草木一秋
清净有为，快哉，快哉

作者简介： 于蒙蒙，毕业于四川传媒学院。荣获 2020 年度湖南省“网信普法优秀作品征集活动”优胜奖、宜山镇首届“为你读诗”征集活动优秀奖、首届“刺梨花杯”凉都布依诗歌大赛中优秀奖、马洲乳业杯 · 爱润靖江”征文大赛三等奖、第七届“龙吟陆家 · 童趣飞扬”端午诗会大赛一等奖、“话经典”读后感大赛三等奖；2021 年荣获五指山市文联“颂祖国、作贡献”比赛优秀奖、“水韵苏米 · 味稻天成”主题征文优秀奖、“大美游殿百草堂杯”原创诗词散文征文大赛三等奖等。著有《女儿红》一书。现居北京。

致诚斋先生

我如果遇见你——
应该是在阴雨后的庐陵，
嗒嗒地蹚过燕坊古村的青石板，
看着云层的雨依附上明清的祠堂牌坊，再落入古塘。

我如果遇见你——
应该是在三月落花时，
你的耳朵里是哀筝怨笛，
是一曲五更的子规啼，
又或是遇于西湖的六月，
你的眼里映着的是无穷碧、别样红。

不，这些都不够组成你。
你是寄离情别绪于诗作的风雅之士，
是文章有定价、议论有至公的诚斋先生
是一登一涉呈上千虑策的耿耿赤臣，
更是大美吉水的拔萃之子。

吉水孕育了人杰，而你完整了吉水的地灵。
而今，蜻蜓已飞过江西，
立在了小荷的尖尖角。
而你，流连于我们的内心处，
守望着江西的变迁，
岭立于历史的洪流里。

蜻　蜓

听，莲叶搅动了碧水，
瑞香歌颂着星夜，

有一枚生命落入水中，
开启了一趟奇妙的生命之旅。

赣江之水接纳了它，
山苍子、黄栀子还有瑞香陪伴着它，
四条水道组成了它的水中乐园。
它是富足的吉水之子。

同端午的龙舟一起，
它游过了金滩与枫江。
随着元宵的鳌鱼灯，
它似麒麟像狮子地，
舞动自己的身体。
它是快乐的吉水之子。

也有一些默默无言的日子，
它静静躲在了水底，
它的梦里是河蚌孕育珍珠、
雨滴落入江河。
它是在羽化的吉水之子。

看，小荷沐浴着曙光，
瑞香勾勒了金边，
有一双翅膀正在微微张开，
静待着一朝风起。

诗人的形状

把他丢给一片海，
他就成为翻腾的浪花，
日夜不安，扑向光明的沙滩，又悻悻地离开，
反复。

将他寄给一阵风，
他就去托着半空的蒲公英，
送它去安家，然后，替它流浪，
无所依。

推他陷入深渊，
他就将自己扎根在泥潭，
看着那些阴暗一点点渗入，
他的皮肤，他的千疮百孔的心，
迷失。

给他一片岛屿，
他就永远驻足，
即使是满目荒凉，他也悉心灌溉，
直到属于他的玫瑰，
长满了这片荒野，
守护。

作者简介：易阳，1997 年 7 月 18 日出生，湖南常德人。就读于南京航空航天大学民航学院，研究生三年级，专业适航技术与管理，业余文学爱好者。

第四辑

评委会顾问、评委
与组委会人员诗选

☆叶延滨

远念万里

——应约贺第二届杨万里诗歌奖而作，取杨万里《小池》诗藏头

泉水叮咚唤醒童年梦
眼前是山村小路伸向天边
无边流云若飞逝的岁月
声声入云是傍晚唤儿归家的亲娘
惜别多年的椏塘故乡
细节用诗行一幅幅铺展
流进了心底都有几分酸涩

树高千尺根扎在吉水的田园
阴晴圆缺留住一轮朗月在枕边
照无眠之夜也照归家心路
水流千转流不尽诗情
爱是行囊中最重的不舍
晴空万里倚大地写诗
柔情化为春风中千万枝杨柳

小路蜿蜒有青鸟引回
荷塘蛙鸣惊起草丛流萤
才从梦乡出来
露水又打湿了归期
尖叫的夏蝉已经沉静了
尖尖的月牙儿
角上挂着娘屋的灯

早年出门暮年迟归
有多少诗情浸透椏塘月色
蜻蜓飞动童年的欢笑
蜓蛛叫醒尔雅的诗章

立身一支蘸着乡情的笔
上有天下有地梦里有亲人
头也不抬提笔就踏上回乡路……

作者简介：叶延滨，1948年出生。历任《星星》诗刊主编、北京广播学院文艺系任系主任、中国作家协会《诗刊》主编、中国诗歌学会副会长等职。现为中国作协诗歌委员会主任。获中国作家协会优秀中青年诗人诗歌奖（1979－1980）、第三届中国新诗集奖（1985－1986）以及十月文学奖、四川文学奖、北京文学奖、郭沫若文学奖等四十余种全国及省以上的文学艺术奖。出版《二重奏》《叶延滨诗选》《想飞的山岩》等诗集近十部。

☆汤金明

款款清风揾轻尘

——走近诚斋

我真想翻卷着岁月的流风
站在原野注视尘埃中远去的背影
透过那被春风梳弄过开放的黄花
我听到了蝴蝶穿飞童子追逐的声音
阳光早敲碎了岁月曾沉积的谎言
我拾起了年轻时的梦想向诚斋走近

或许，那吉水古塔的倒影连着河水荡漾
或许，桃花岛的迷离掩去了世俗的烟尘
此时匆匆的屐印可或有扬名万里的痕迹
雨燕在平畴的阡陌上与诗人对话
我流连在这个充满诗情的芳原
聆听诚斋中的传说去寻找行程

是小池的泉眼涓涓流来千年的风景
堤畔的柔柳将无数个春天撑起
田田荷叶上小荷挺立了千年的倩影
那只蜻蜓正在荷香中呢喃梦想
我在风雨里梳理着田间扬花的欢愉
在穿越的时空中探求诚斋诗的真谛

夏天是一支真实的画笔
将映日的荷花补齐了春的遗憾
蜻蜓、梅子、蕉叶
在这时钩沉出了诚斋体的明亮清新
我在田园风光中发现丢落千年的诗韵
没有雕饰的故事献给了砍柴的日子
蓝天下鸥鹭应和着三月的蛙鸣

我悄悄来了，走近了诚斋
可否挹住了从远古而来的轻尘
或许斗笠蓑衣交结着春的斜风细雨
或许梅子芭蕉滋长了夏的性灵
我从稚子的笑语寻找古老的童话
再在村头地角涂抹秋的真实风情

我从阡陌的阳光中走进诚斋的田园
中兴诗人的奇葩在我的诗风中摇曳
静好的岁月沿着春风铺写的小道
清新自然的诗境融进了我农耕的艰辛
我踩着诗林里缤纷的落叶
带着诗意向远方前行

写于 2022 年 1 月 13 日

作者简介：汤金明，江西永新人。曾在江西永新师范学校任教，语文高级讲师，江西永新师范东华关文学社指导老师。有诗文发表在省内外报纸杂志。

☆庄伟杰

经年流浪的诗人与水有缘

千里之外，跋山涉水来到西子湖畔
舌灿如莲的杨万里老兄，正与别样红的荷花
与无穷碧的莲叶，逐一展开对话
如此不远千里万里，只可惜那时
没有照相机或手机可以咔嚓定格瞬间
晓出净慈寺送林子方时，总算留下四句绝唱

多少回徜徉于西子湖畔，循着万里老兄的
足迹，以切身体验与荷花与莲叶交流
找不到奇异感觉，唯有静观睡莲如何醒来
或从莲叶何田田间，放飞一羽思绪

传闻，在最适宜的季节时令
古老吉水的山水风光及天空的蓝
增一分则太浓，减一分则太浅
原来那是杨万里老兄的故乡

作为浪人，意外遇见告老还乡的杨老兄
先向他敬茶，再敬酒，恰好吉星高照
敬他为水时，顿感此地顺风顺水
承蒙他老乡谭五昌兄诚邀一起唱酬
弹响的音符长短不一，唯回声依稀可辨
无边之水像刻满花纹的陶罐咕噜水质修辞

经年流浪的诗人，素来与水有缘
西湖水和吉水，骤然间穿越万里山河

交汇着向我涌来，继而重合，再合为一体
水声哗哗，径直在体内掀涌起力与美的图腾

写于2022年元月25日农历小年时分

作者简介：庄伟杰，闽南人。旅澳诗人、作家、评论家、书法家，文学博士，毕业于福建师范大学中文系，北京大学中文系访问学者，复旦大学文学博士后。1989年底赴澳洲留学，曾担任华文报纸杂志社长兼总编。21世纪以后回国，历任华侨大学文学院教授、暨南大学兼职研究员、浙江越秀外国语学院教授 、《语言与文化研究》主编、《中文学刊》总编辑，并任国际华文出版社社长兼总编，中外散文诗学会副主席，中国散文诗研究会理事，澳洲华文诗人笔会会长，澳中文化基金会荣誉主席等职务。出版学术著作、诗歌评论、书法评论著作数十部。获得国际诗人笔会颁发的当代诗人杰出贡献金奖等多种诗歌奖项。

☆谭五昌

致杨万里

你快笔勾勒的映日荷花
红透了南宋诗坛的半边天空
你用心观察的立在小荷上的蜻蜓
有意无意之中
便长期停留在汉语诗歌的荣耀高处

而你为江西吉水家乡父老
用真情吟唱的充满泥土气息的插秧歌
让你的一腔赤子情怀
名扬万里
穿越千年
在历史的天空中
刻写下你闪光的名字

2022 年 1 月 25 日（农历小年），匆写于北京京师园

☆雁　西

致杨万里

我读你诗的时候，总会想想你的样子
从诗行总会读到我的影子
一个“情”字，让我们爱上万物
也让万物爱上我们
从一座山到另一座山，从一棵树到
另一棵树，从一朵花到另一朵花
我们总会想起一个人
一个她，一个令我们生死相许的人
一个令我们无怨无悔的人
诗言情，情即诗。情多深，诗多真。
从宋代到当代，时间已经走到眼前
你的诗，我的诗，都为“情”
左绕右绕绕不过，也无须绕
在这个明媚的中午，在蔚蓝空中出现
一只鸟
不，是一朵白色的云，在树枝间晃动
告诉你我尘世间的秘密
春风吹着我的脸，红雨淋着你的头

2022 年 1 月 26 日

作者简介：雁西，本名尹英希，江西南康人。中国作家协会会员，中国诗歌学会副秘书长，出版个人诗集《致大海》《雁西情诗 99 首》《神秘园》等十部，参加诗刊社第八届青春回眸诗会。曾获世界诗人大会创意书画奖、加拿大婵娟诗歌奖、2016 年两岸诗会“桂冠诗人奖”、2019 年意大利但丁诗歌奖。

☆杨巴金

读《诚斋诗集》

眼前不见小荷池，却有蜻蜓妙立姿。
在读遗编翻欲烂，忽来好句说嫌迟。
一门活法新开派，四海诚斋独霸诗。
百味人生皆可悟，此书伴我度闲时！

诚斋“活法”

跳出藩篱旧稿焚，精思活法著诗勋。
鸢飞鱼跃句中赋，兔起鸡追笔下耘。
月胁天心除俗气，物情人意衍清芬。
古来美景皆逃逸：处处山川怕见君！

湴塘新景

又去南溪兴愈真，云天林碧绝纤尘。
旅人醉赏花无缺，诗客清吟园有春。
青韭小炊香自远，浊醪细酌味犹醇。
却寻宸翰在何处？只见碑铭痕印新！

湴塘咏古·黄金台

昭王灵气泄何处？落石萧寥安可猜。
朝岭悠悠仍绿藓，方台郁郁已黄埃。
千金谋士岂容悔，一世功臣亦自哀。
今日咏怀休北望，青山白发不徘徊！

题父子侯第

祠前骋目绪无穷，父子清芬气乃同。

忠节一门传世远，祖孙三代问耕中。
南溪景美堪听雨，北岭林幽惯咏风。
谁道庐陵神妙处，蜻蜓小立唤斋翁！

谒始祖杨辂墓

西岳徙迁唐末间，千年踵继四知颜。
古松郁映金钗水，新草萋侵北鹧山。
路入烟霞遮又现，鸟攀枝蕾去而还。
墓前缅想皆追叹，酹酒三杯添泪斑！

题吉水燕回阁

赣鄱文运宋时开，吉水衣冠如锦堆。
梁燕思归乡里去，离人知返梦中回。
诗坛一帜功名弃，宦海平生气节来。
无奈江湖谁与语？吟笺泪赋酒千杯！

题杨氏忠节总祠

肇基吉郡千年久，溪水东流紫气扬。
丹凤朝阳新户美，芳樟庇荫古祠光。
功名簪笏见真色，忠义文章添妙香。
清酒一盅来祭奠，旧碑有记耀家乡！

游南溪，怀文节公

溪旁小伫望荷田，恍见斋翁写玉篇。
南宋诗坛开一帜，西湖文社震群贤。
立朝谔谔岂韬晦？忧国殷殷总挂牵。
旧日东园今已复，三三花径为谁妍？

览　镜

剃须羞看镜，落寞不堪悲。
自叹丹心在，犹怜白发垂。
辛劳五斗米，辜负一门楣。
趁早南溪去，怡然闻子规。

南溪园行散

如今惭拙宦，心已慕归耕。
欲学诚斋老，东园日日行！

瞻毛泽东《大桥调查》旧址

衷曲为谁鸣？思怀泪雨倾。
入村知事意，串户察民情。
赤胆谋家国，笃心探路程。
祠前人不在，逝水自嗟惊！

作者简介：杨巴金，江西省吉水县湴塘村人，杨万里二十八世孙。现任吉水县委宣传部副部长、文联主席。江西省杨万里研究会副会长、解缙研究会副会长，江西省作协会员，江西省诗词学会会员，吉安市庐陵文化研究会理事、周必大思想研究会理事，省级"非遗"杨万里故事传承人。已出版《庐陵史事考述》《杨万里家族纪略》《江西地方珍稀文献丛刊·吉水卷》《家刻本〈诚斋诗集〉校注》，主编《文章节义话解缙》。

附录：

第二届杨万里诗歌奖全国大赛组织机构

第二届杨万里诗歌奖全国大赛组委会

组委会顾问： 肖梓才　江西吉水县委书记

组委会主任： 段恩雄　江西吉水县人民政府县长

常务副主任： 曾广炆　江西吉水县委副书记

副　主　任： 雷　芳　江西吉水县委常委、宣传部长

黄锦荣　江西吉水县人民政府副县长

肖　武　江西井冈山经贸学校校长

向　阳　《中国文艺家》总编辑

唐成茂　《鸭绿江·华夏诗歌》执行主编

组委会秘书长： 雷　芳　江西吉水县委常委、宣传部长（兼）

常务副秘书长： 灵岩放歌　中国唯美诗歌原创联盟理事长

副 秘 书 长： 邓　涛　江西南昌诗歌学会会长

王舒漫　华语诗歌春晚组委会副主任

白　心　华语诗歌春晚执行艺术总监

盛华厚　华语诗歌春晚策划

陈　琼　《中国新诗排行榜》主编助理

马文秀　中国作协会员

杨巴金　江西吉水县委宣传部副部长、文联主席

第二届杨万里诗歌奖全国大赛评委会

顾　　问： 吴思敬　首都师范大学教授、著名评论家

叶延滨　中国作家协会诗歌委员会主任、著名诗人

黄亚洲　中国作协原副主席、著名诗人

汤金明　江西省永新师范东华关文学社原指导老师

评委会主任：

谭五昌　北京师范大学中国当代新诗研究中心主任、著名评论家

评委会成员：

燎　原（威海职业学院教授、著名诗评家）

杨四平（上海外国语大学教授、著名诗评家）

庄伟杰（《中文学刊》总编辑、著名诗评家）

何言宏（上海交通大学教授、著名诗评家）

雁　西（中国诗歌学会副秘书长、著名诗人）

杨廷成（青海省作协副主席、著名诗人）

大　枪（《国际汉语诗歌》执行主编、著名诗人）

第二届杨万里诗歌奖全国大赛提名评委

周占林（中诗网主编、著名诗人）

冰　峰（作家网总编辑、著名诗人）

曹　谁（《大诗刊》主编、著名青年诗人）

C言C语（黄亚洲行吟诗歌奖国际大赛初评委、诗人）

全秋生（中国文史出版社编辑、诗人）

第二届杨万里诗歌奖全国大赛主办、协办和承办单位

主办单位：中共江西吉水县委、吉水县人民政府

北京师范大学中国当代新诗研究中心

《诗选刊》杂志社

协办单位：《中国文艺家》杂志

《鸭绿江·华夏诗歌》杂志

中国唯美诗歌原创联盟

中诗网、作家网

江西井冈红茶叶有限公司

承办单位：中共江西吉水县委宣传部

第二届杨万里诗歌奖全国大赛组委会

编 后 记

2017年秋，江西省吉水县邀请我负责首届杨万里诗歌奖全国大赛评选活动，并在江西吉水举行了隆重的颁奖典礼，在诗坛产生了良好的反响。时过四年，2021年秋，我在一次与江西永新师范东华关文学社原指导老师汤金明先生的电话交流中，我们聊到了吉水，聊到了吉水的文化名人，聊到了杨万里诗歌奖，于是我试着向汤金明老师询问，我是否可以与吉水方面进行合作，继续举办第二届杨万里诗歌奖全国大赛，目的与意义在于：一、运用现代诗（新诗）的形式，讴歌杨万里的历史功绩，赞美他高尚的爱国主义精神和亲民爱民的赤子情怀，颂扬他在中国文学史的重要地位与杰出成就；二、展示江西吉水县近年来在经济建设、文化旅游和社会发展方面所取得的可喜成就，赞美“大美吉水”以及庐陵地域厚重的文化底蕴；三、讴歌大自然气象万千、欣欣向荣的景象，表现人类与自然和谐一体的生态意识与人文情怀。

汤金明老师对我的这个想法表现出浓厚的热情，给予充分的肯定。2021年11月上旬，就举办第二届杨万里诗歌奖全国大赛之事宜，我与江西吉水县委、县政府领导进行了联系与交流，很快就举办第二届杨万里诗歌奖大赛一事达成了共识。随后，江西吉水县委常委、宣传部部长雷芳女士，江西吉水县委宣传部副部长、杨万里后裔杨巴金先生直接与我联系、对接，就举办第二届杨万里诗歌奖全国大赛事宜进行具体协商、规划，他们做事非常严谨、认真、高效，第二届杨万里诗歌奖全国大赛征稿启事于2021年11月15日便开始在网络媒体发布，在12月15日投稿截止一个月的征稿时间里，就收到全国近一千位诗人四千余份的参赛诗歌稿件，其中诗歌名家为数不少，诗人们的参与热情可谓令人鼓舞。总之，在江西吉水县委肖梓才书记、县政府段恩雄县长以及其他领导的大力支持下，在雷芳常委与杨巴金副部长的积极配合下，诗歌大赛评选活动整体而言进展顺利，各项工作按照计划有序稳步地推进。

另外值得一提的是，第二届杨万里诗歌奖全国大赛的提名评委认真推荐国内知名诗人与实力诗人参与本届诗歌大赛，确保了本届诗歌大赛的档次与品位，后经第二届杨万里诗歌奖全国大赛终评委们认真、严谨地投票评选，从中产生了九位等级奖（一、二、三等奖）获奖诗人，以及四十位优秀奖获奖诗人。全体评委对于评奖结果整体上表示满意，而整个诗坛对本届杨万里诗歌奖全国大赛的获奖人选也是普遍认可的，可以用好评如潮来加以形容，评奖结果于今年（2022 年）年初在网络媒体上公布时极高的读者点击率可以证明这一点。而这，让我觉得自己在诗歌评选过程中付出的辛苦劳动非常值得，因为我和我的评委同行们对得起江西吉水县委、县政府所有领导的信任与期待。

按照计划，第二届杨万里诗歌奖全国大赛评选结果出来后，我作为大赛评委会负责人，应该及时编选一本《大美吉水——第二届杨万里诗歌奖全国大赛获奖作品选》，以呈现本届诗歌大赛的创作成果，展示国内优秀诗人的艺术风采。这部大赛获奖作品选除收入四十九位获奖诗人的参赛作品外，还收入四十八位入围诗人的参赛作品，充分展示该诗选的厚重感。在此，感谢叶延滨、汤金明、庄伟杰、雁西、杨巴金等大赛顾问、评委、组委会人员积极、热情地赐稿，为本书增光添彩。借此机会，也要感谢中国文史出版社资深编辑全秋生先生对该诗选出版的高度重视与精心编辑。另外，在我编辑此选本的过程中，青年诗人陈琼、达则果果、罗双霞、刘丽静、唐梅等博士生、硕士生、本科生给予了切实的协助性工作，在此一并致谢。

是为后记。

谭五昌

2022 年 1 月 27 日

写于北京京师园

图书在版编目（CIP）数据

大美吉水 ： 第二届杨万里诗歌奖全国大赛获奖作品选 / 谭五昌主编. -- 北京 ： 中国文史出版社，2022.4

ISBN 978-7-5205-3513-7

Ⅰ. ①大… Ⅱ. ①谭… Ⅲ. ①诗集－中国－当代 Ⅳ. ①I227

中国版本图书馆 CIP 数据核字(2022)第 054019 号

责任编辑：全秋生

出版发行：中国文史出版社
地　　址：北京市海淀区西八里庄路 69 号　　邮编：100142
电　　话：010－81136602　81136603　81136606（发行部）
传　　真：010－81136655
印　　装：廊坊市海涛印刷有限公司
经　　销：全国新华书店
开　　本：787mm×1092mm　1/16
印　　张：32.75　　字数：360 千字
版　　次：2022 年 5 月北京第 1 版
印　　次：2022 年 5 月第 1 次印刷
定　　价：68.00 元